सदाचार का तावीज़

हरिशंकर परसाई

वाणी प्रकाशन ग्रुप

भारतीय ज्ञानपीठ

वाणी प्रकाशन : भारतीय ज्ञानपीठ की पुस्तकों के एकमात्र प्रकाशक एवं वितरक

लोकोदय ग्रन्थमाला : ग्रन्थांक 248

सजिल्द चौदहवाँ संस्करण : 2018
सजिल्द पन्द्रहवाँ संस्करण : 2023
सजिल्द सोलहवाँ संस्करण : 2025

वाणी प्रकाशन ग्रुप | भारतीय ज्ञानपीठ

वाणी प्रकाशन : भारतीय ज्ञानपीठ की पुस्तकों के एकमात्र प्रकाशक एवं वितरक

वाणी प्रकाशन

4695, 21-ए, दरियागंज, नयी दिल्ली-110 002
दूरभाष : 011-23273167, 23275710
ईमेल : sales@vaniprakashan.in
www.vaniprakashan.com

ISBN : 978-93-5518-846-5

मूल्य : ₹ 350

सदाचार का तावीज़
(व्यंग्य-संग्रह)
हरिशंकर परसाई

SADACHAR KA TAVEEZ
(Satire)
by Harishankar Parsai

मुद्रक : आर. टेक ऑफसेट प्रिंटर्स, दिल्ली-110 032

कैफ़ियत

एक सज्जन अपने मित्र से मेरा परिचय करा रहे थे—'यह परसाईजी हैं। बहुत अच्छे लेखक हैं। ही राइट्स फ़नी थिंग्ज़।'

एक मेरे पाठक (अब मित्रनुमा) मुझे दूर से देखते ही इस तरह हँसी की तिड़तिड़ाहट करते मेरी तरफ़ बढ़ते हैं, जैसे दीवाली पर बच्चे 'तिड़तिड़ी' को पत्थर पर रगड़कर फेंक देते हैं और वह थोड़ी देर तिड़तिड़ करती उछलती रहती है। पास आकर अपने हाथों में मेरा हाथ ले लेते हैं और ही-ही करते हुए कहते हैं—'वाह यार, खूब मिले। मज़ा आ गया।' उन्होंने कभी कोई चीज़ मेरी पढ़ी होगी। अभी सालों में कोई चीज़ नहीं पढ़ी; यह मैं जानता हूँ।

एक सज्जन जब भी सड़क पर मिल जाते हैं, दूर से ही चिल्लाते हैं—'परसाईजी, नमस्कार ! मेरा पथ-प्रदर्शक पाखाना !' बात यह है कि किसी दूसरे आदमी ने कई साल पहले स्थानीय साप्ताहिक में एक मज़ाक़िया लेख लिखा था, 'मेरा पथ-प्रदर्शक पाखाना।' पर उन्होंने ऐसी सारी चीज़ों के लिए मुझे ज़िम्मेदार मान लिया है। मैंने भी नहीं बताया कि वह लेख मैंने नहीं लिखा था। बस, वे जहाँ मिलते हैं—'मेरा पथ-प्रदर्शक पाखाना' चिल्लाकर मेरा अभिवादन करते हैं।

कुछ पाठक यह समझते हैं कि मैं हमेशा उचक्केपन और हलकेपन के मूड में रहता हूँ। वे चिट्ठी में मखौल करने की कोशिश करते हैं ! एक पत्र मेरे सामने है। लिखा है—'कहिए जनाब, बरसात का मज़ा ले रहे हैं न ! मेंढकों की जलतरंग सुन रहे होंगे। इसपर भी लिख डालिए न कुछ।'

बिहार के किसी क़स्बे से एक आदमी ने लिखा कि 'तुमने मेरे मामा का, जो फ़ारेस्ट अफ़सर हैं, मज़ाक़ उड़ाया है। उनकी बदनामी की है। मैं तुम्हारे खानदान का नाश कर दूँगा। मुझे शनि सिद्ध है।'

कुछ लोग इस उम्मीद से मिलने आते हैं कि मैं उन्हें ठिलठिलाता, कुलाँचें मारता, उछलता मिलूँगा और उनके मिलते ही जो मज़ाक़ शुरू करूँगा तो हम सारा दिन दाँत निकालते गुज़ार देंगे। मुझे वे गम्भीर और कम बोलनेवाला पाते हैं। किसी गम्भीर विषय पर मैं बात छेड़ देता हूँ। वे निराश होते हैं। काफ़ी लोगों का यह मत है कि मैं निहायत मनहूस आदमी हूँ।

एक पाठिका ने एक दिन कहा—'आप मनुष्यता की भावना की कहानियाँ क्यों नहीं लिखते ?'

और एक मित्र मुझे उस दिन सलाह दे रहे थे—'तुम्हें अब गम्भीर हो जाना चाहिए। इट इज़ हाई टाइम !'

व्यंग्य लिखनेवाले की ट्रेजडी कोई एक नहीं। 'फ़नी' से लेकर उसे मनुष्यता की भावना से हीन तक समझा जाता है। 'मज़ा आ गया' से लेकर 'गम्भीर हो जाओ' तक की प्रतिक्रियाएँ उसे सुननी पड़ती हैं। फिर लोग अपने या अपने मामा, काका के चेहरे देख लेते हैं और दुश्मन बढ़ते जाते हैं। एक बहुत बड़े वयोवृद्ध गाँधी-भक्त साहित्यकार मुझे अनैतिक लेखक समझते हैं। नैतिकता का अर्थ उनके लिए शायद गबद्दूपन होता है।

लेकिन इसके बावजूद ऐसे पाठकों का एक बड़ा वर्ग है, जो व्यंग्य में निहित सामाजिक-राजनीतिक अर्थ-संकेत को समझते हैं। वे जब मिलते या लिखते हैं, तो मज़ाक़ के मूड में नहीं। वे उन स्थितियों की बात करते हैं, जिनपर मैंने व्यंग्य किया है, वे उस रचना के तीखे वाक्य बनाते हैं। वे हालातों के प्रति चिन्तित होते हैं।

आलोचकों की स्थिति कठिनाई की है। गम्भीर कहानियों के बारे में तो वे कह सकते हैं कि संवेदना कैसे पिछलती आ रही है, समस्या कैसी प्रस्तुत की गयी—वग़ैरह। व्यंग्य के बारे में वह क्या कहें ? अकसर वह यह कहता है—हिन्दी में शिष्ट हास्य का अभाव

है। (हम सब हास्य और व्यंग्य के लेखक लिखते-लिखते मर जायेंगे, तब भी लेखकों के बेटों से इन आलोचकों के बेटे कहेंगे कि हिन्दी में हास्य-व्यंग्य का अभाव है।) हाँ, वे यह और कहते हैं—विद्रूप का उद्घाटन कर दिया, परदाफ़ाश कर दिया है, करारी चोट की है, गहरी मार की है, झकझोर दिया है। आलोचक बेचारा और क्या करे ? जीवन-बोध, व्यंग्यकार की दृष्टि, सामाजिक, राजनीतिक, आर्थिक परिवेश के प्रति उसकी प्रतिक्रिया, विसंगतियों की व्यापकता और उनकी अहमियत, व्यंग्य-संकेतों के प्रकार, उनकी प्रभावशीलता, व्यंग्यकार की आस्था, विश्वास—आदि बातें समझ और मेहनत की माँग करती हैं। किसे पड़ी है ?

अच्छा, तो तुम लोग व्यंग्यकार क्या अपने को 'प्राफ़ेट' समझते हो ? 'फ़नी' कहने पर बुरा मानते हो। खुद हँसाते हो और लोग हँसकर कहते हैं—मज़ा आ गया, तो बुरा मानते हो और कहते हो—सिर्फ़ मज़ा आ गया ? तुम नहीं जानते कि इस तरह की रचनाएँ हलकी मानी जाती हैं और दो घड़ी की हँसी के लिए पढ़ी जाती हैं।

(यह बात मैं अपने आपसे कहता हूँ, अपने आपसे ही सवाल करता हूँ।) जवाब : हँसना अच्छी बात है। पकौड़े-जैसी नाक को देखकर भी हँसा जाता है, आदमी कुत्ते-जैसे भौंके तो भी लोग हँसते हैं। साइकिल पर डबल सवार गिरें, तो भी लोग हँसते हैं। संगति के कुछ मान बने हुए होते हैं—जैसे इतने बड़े शरीर में इतनी बड़ी नाक होनी चाहिए। उससे बड़ी होती है, तो हँसी आती है। आदमी आदमी की ही बोली बोले, ऐसी संगति मानी हुई है। वह कुत्ते-जैसा भौंके तो यह विसंगति हुई और हँसी का कारण। असामंजस्य, अनुपातहीनता, विसंगति हमारी चेतना को छेड़ देते हैं। तब हँसी भी आ सकती है और हँसी नहीं भी आ सकती—चेतना पर आघात पड़ सकता है। मगर विसंगतियों के भी स्तर और प्रकार होते हैं। आदमी कुत्ते की बोली बोले—एक यह विसंगति है। और वन-महोत्सव का आयोजन करने के लिए पेड़ काटकर साफ़ किये

जायें, जहाँ मन्त्री महोदय गुलाब के 'वृक्ष' की क़लम रोपें —यह भी एक विसंगति है। दोनों में भेद है, गो दोनों से हँसी आती है। मेरा मतलब है— विसंगति की क्या अहमियत है, वह जीवन में किस हद तक महत्त्वपूर्ण है, वह कितनी व्यापक है, उसका कितना प्रभाव है—ये सब बातें विचारणीय हैं। दाँत निकाल देना उतना महत्त्वपूर्ण नहीं है।

—लेकिन यार, इस बात से क्यों कतराते हो कि इस तरह का साहित्य हलका ही माना जाता है।

—माना जाता है, तो मैं क्या करूँ ? भारतेन्दु युग में प्रताप नारायण मिश्र और बालमुकुन्द गुप्त जो व्यंग्य लिखते थे, वह कितनी पीड़ा से लिखा जाता था। देश की दुर्दशा पर वे किसी भी क़ौम के रहनुमा से ज़्यादा रोते थे। हाँ, यह सही है कि इसके बाद रुचि कुछ ऐसी हुई कि हास्य का लेखक विदूषक बनने को मजबूर हुआ। 'मदारी' और 'डमरू', 'टुनटुन'—जैसे पत्र निकले और हास्यरस के कवियों ने 'चोंच' और 'काग'—जैसे उपनाम रखे। याने हास्य के लिए रचनाकार को हास्यास्पद होना पड़ा। अभी भी यह मजबूरी बची है। तभी कुंजबिहारी पाण्डे को 'कुत्ता' शब्द आने पर मंच पर भौंककर बताना पड़ता है और काका हाथरसी को अपनी पुस्तक के कवर पर अपना ही कार्टून छपाना पड़ता है। बात यह है कि उर्दू-हिन्दी की मिश्रित हास्य-व्यंग्य परम्परा कुछ साल चली, जिसने हास्यरस को भड़ौआ बनाया। इसमें बहुत कुछ हलका है। यह सीधी सामन्ती वर्ग के मनोरंजन की ज़रूरत में से पैदा हुई थी। शौकत थानवी की एक पुस्तक का नाम ही 'कुतिया' है। अज़ीमबेग चुगताई नौकरानी की लड़की से 'फ्लर्ट' करने की तरकीबें बताते हैं! कोई अचरज नहीं कि हास्य-व्यंग्य के लेखकों को लोगों ने हलके, ग़ैर-ज़िम्मेदार और हास्यास्पद मान लिया हो।

—और 'पत्नीवाद' वाला हास्यरस ! वह तो स्वस्थ है ? उसमें पारिवारिक सम्बन्धों की निर्मल आत्मीयता होती है ?

—स्त्री से मज़ाक़ एक बात है और स्त्री का उपहास दूसरी

बात। हमारे समाज में कुचले हुए का उपहास किया जाता है। स्त्री आर्थिक रूप से गुलाम रही, उसका कोई व्यक्तित्व नहीं बनने दिया गया, वह अशिक्षित रही, ऐसी रही—तब उसकी हीनता का मज़ाक़ करना 'सेफ़' हो गया। पत्नी के पक्ष के सब लोग हीन और उपहास के पात्र हो गये—ख़ास कर साला; गो हर आदमी किसी-न-किसी का साला होता है। इसी तरह घर का नौकर सामन्ती परिवारों में मनोरंजन का माध्यम होता है। उत्तर भारत के सामन्ती परिवारों की परदानशीन दमित रईसज़ादियों का मनोरंजन घर के नौकर का उपहास करके होता है। जो जितना मूर्ख, सनकी और पौरुष-हीन हो, वह नौकर उतना ही दिलचस्प होता है। इसलिए सिकन्दर मियाँ चाहे काफ़ी बुद्धिमान् हों, मगर जान-बूझकर बेवक़ूफ़ बन जाते हैं। क्योंकि उनका ऐसा होना नौकरी को सुरक्षित रखता है। सलमा सिद्दीकी ने सिकन्दरनामा में ऐसे ही पारिवारिक नौकर की कहानी लिखी है। मैं सोचता हूँ सिकन्दर मियाँ अपनी नज़र से उस परिवार की कहानी कहें, तो और अच्छा हो।

—तो क्या पत्नी, साला, नौकर, नौकरानी आदि को हास्य का विषय बनाना अशिष्टता है ?

—'वल्गर' है। इतने व्यापक सामाजिक जीवन में इतनी विसंगतियाँ हैं। उन्हें न देखकर बीवी की मूर्खता बयान करना बड़ी संकीर्णता है।

और 'शिष्ट' और 'अशिष्ट' क्या है ? अकसर 'शिष्ट' हास्य की माँग वे करते हैं, जो शिकार होते हैं। भ्रष्टाचारी तो यही चाहेगा कि आप मुंशी की या साले की मज़ाक़ का 'शिष्ट' हास्य करते रहें और उसपर चोट न करें—वह 'अशिष्ट' है। हमारे यहाँ तो हत्यारे 'भ्रष्टाचारी' पीड़क से भी 'शिष्टता' बरतने की माँग की जाती है—'अगर जनाब बुरा न मानें तो अर्ज़ है कि भ्रष्टाचार न किया करें। बड़ी कृपा होगी सेवक पर'। व्यंग्य में चोट होती ही है। जिनपर होती है वे कहते हैं— 'इसमें कटुता आ गयी। शिष्ट हास्य लिखा करिए।' मार्क ट्वेन की वे रचनाएँ नये संकलनों में नहीं

आतीं, जिनमें उसने अमरीकी शासन और मोनोपली के बखिये उधेड़े हैं। वह उसे केवल शिष्ट हास्य का मनोरंजन देनेवाला लेखक बताना चाहते हैं—ही डिलाइटेड मिलियन्स !'

—तो तुम्हारा मतलब यह है कि मनोरंजन के साथ ही व्यंग्य में समाज की समीक्षा भी होती है ?

—हाँ, व्यंग्य जीवन से साक्षात्कार करता है, जीवन की आलोचना करता है, विसंगतियों, मिथ्याचारों और पाखण्डों का परदाफाश करता है।

—यह नारा हो गया।

—नारा नहीं है। मैं यह कह रहा हूँ कि जीवन के प्रति व्यंग्यकार की उतनी ही निष्ठा होती है, जितनी गम्भीर रचनाकार की—बल्कि ज़्यादा ही, वह जीवन के प्रति दायित्व का अनुभव करता है।

—लेकिन वह शायद मनुष्य के बारे में आशा खो चुका होता है। निराशावादी हो जाता है। उसे मनुष्य की बुराई ही दीखती है। तुम्हारी रचनाओं में देखो—सब चरित्र बुरे ही हैं।

—यह कहना तो इसी तरह हुआ कि डॉक्टर से कहा जाये, तुम रुग्ण मनोवृत्ति के आदमी हो। तुम्हें रोग ही रोग दीखते हैं। मनुष्य के बारे में आशा न होती, तो हम उसकी कमज़ोरियों पर क्यों रोते ? क्यों उससे कहते कि यार तू ज़रा कम बेवक़ूफ़, विवेकशील, सच्चा और न्यायी हो जा।

—तो तुम लोग रोते भी हो। मेरा तो ख़याल था कि तुम सब हँसते हो।

—ज़िन्दगी बहुत जटिल चीज़ है। इसमें खालिस हँसना या खालिस रोना-जैसी चीज़ नहीं होती। बहुत-सी हास्य रचनाओं में करुणा की अन्तर्धारा होती है। चेखव की कहानी 'क्लर्क की मौत' क्या हँसी की कहानी है ? उसका व्यंग्य कितना गहरा, ट्रेजिक और करुणामय है। चेखव की ही एक कम प्रसिद्ध कहानी है—'किरायेदार'। इसका नायक 'जोरू का गुलाम' है—बीवी के

होटल का प्रबन्ध करता है। अपनी नौकरी छोड़ आया है। अब बीवी का ग़ुलाम तो उपहास का ही पात्र होता है न ! मगर इस कहानी में यह बीवी का ग़ुलाम अन्त में बड़ी करुणा पैदा करता है। अच्छा व्यंग्य सहानुभूति का सबसे उत्कृष्ट रूप होता है।

—अच्छा यार, तुम्हें आत्म-प्रचार का मौक़ा दिया गया था। पर तुम अपना कुछ न कहकर जनरल ही बोलते जा रहे हो। तुम्हारी रचनाओं को पढ़कर कुछ बातें पूछी जा सकती हैं। क्या तुम सुधारक हो ? तुममें आर्यसमाजी वृत्ति देखी जाती है।

—कोई सुधर जाये तो मुझे क्या एतराज़ है। वैसे मैं सुधार के लिए नहीं, बदलने के लिए लिखना चाहता हूँ। याने कोशिश करता हूँ। चेतना में हलचल हो जाये, कोई विसंगति नज़र के सामने आ जाये—इतना काफ़ी है। सुधरने वाले खुद अपनी चेतना से सुधरते हैं। मेरी एक कहानी है 'सदाचार का तावीज़'। इसमें कोई सुधारवादी संकेत नहीं है। कुल इतना है कि तावीज़ बाँधकर आदमी को ईमानदार बनाने की कोशिश की जा रही है (भाषणों और उपदेशों से)। सदाचार का तावीज़ बाँधे बाबू दूसरी तारीख़ को घूस लेने से इनकार कर देता है मगर 31 तारीख़ को ले लेता है—उसकी तनख़्वाह ख़त्म हो गयी। तावीज़ बँधा है, मगर जेब ख़ाली है। संकेत मैं यह करना चाहता हूँ कि बिना व्यवस्था में परिवर्तन किये, बिना भ्रष्टाचार के मौक़े ख़त्म किये और कर्मचारियों को बिना आर्थिक सुरक्षा दिये, भाषणों, सर्कुलरों, उपदेशों, सदाचार समितियों, निगरानी आयोगों के द्वारा कर्मचारी सदाचारी नहीं होगा। इसमें कोई उपदेश नहीं है। सिर्फ़ विरोधाभासों को सामने लाया गया है और कुछ संकेत दिये गये हैं। उपदेश का चार्ज वे लोग लगाते हैं, जो किसी के प्रति दायित्व का कोई अनुभव नहीं करते। वे सिर्फ़ अपने को मनुष्य मानते हैं और सोचते हैं कि हम कीड़ों के बीच रहने के लिए अभिशप्त हैं। ये लोग तो कुत्ते की दुम में पटाखे की लड़ी बाँधकर उसमें आग लगाकर कुत्ते के मृत्यु-भय पर भी ठहाका लगा लेते हैं।

—अच्छा यार, बातें तो और भी बहुत-सी करनी थीं। पर

पाठक बोर हो जायेंगे। बस, एक बात और बताओ—तुम इतना राजनीतिक व्यंग्य क्यों लिखते हो ?

—इसलिए कि राजनीति बहुत बड़ी निर्णायक शक्ति हो गयी है। वह जीवन से बिलकुल मिली हुई है। वियतनाम की जनता पर बम क्यों बरस रहे हैं ? क्या उस जनता की अपनी कुछ ज़िम्मेदारी है ? ये राजनीतिक दाँव-पेंच के बम हैं। शहर में अनाज और तेल पर मुनाफ़ाखोरी क्रम नहीं हो सकती क्योंकि व्यापारियों के क्षेत्रों से अमुक-अमुक को चुनकर जाना है। राजनीति—सिद्धान्त और व्यवहार की—हमारे जीवन का एक अंग है। उससे नफ़रत करना बेवकूफ़ी है। राजनीति से लेखक को दूर रखने की बात वही करते हैं, जिनके निहित स्वार्थ हैं, जो डरते हैं कि कहीं लोग हमें समझ न जायें। मैंने पहले ही कहा है कि राजनीति को नकारना भी एक राजनीति है।

—अच्छा, तो बात को यहीं ख़त्म करें। तुम अब राजनीति पर चर्चा करने लगे। इससे लेबिल चिपकते हैं।

—लेबिल का क्या डर ! दूसरों को देशद्रोही कहनेवाले, पाकिस्तान को भूखे बंगाल का चावल 'स्मगल' करते हैं। ये सारे रहस्य मुझे समझ में आते हैं। मुझे डराने की कोशिश मत करो।

—हरिशंकर परसाई

सदाचार का तावीज़

एक राज्य में हल्ला मचा कि भ्रष्टाचार बहुत फैल गया है।

राजा ने एक दिन दरबारियों से कहा—"प्रजा बहुत हल्ला मचा रही है कि सब जगह भ्रष्टाचार फैला हुआ है। हमें तो आज तक कहीं नहीं दिखा। तुम लोगों को कहीं दिखा हो तो बताओ।"

दरबारियों ने कहा—"जब हुजूर को नहीं दिखा तो हमें कैसे दिख सकता है ?"

राजा ने कहा—"नहीं, ऐसा नहीं है। कभी-कभी जो मुझे नहीं दिखता, वह तुम्हें दिखता होगा। जैसे मुझे बुरे सपने नहीं दिखते पर तुम्हें तो दिखते होंगे !"

दरबारियों ने कहा—"जी, दिखते हैं। पर वह सपनों की बात है।"

राजा ने कहा—"फिर भी तुम लोग सारे राज्य में ढूँढ़कर देखो कि कहीं भ्रष्टाचार तो नहीं है। अगर कहीं मिल जाये तो हमारे देखने के लिए नमूना लेते आना। हम भी तो देखें कि कैसा होता है।"

एक दरबारी ने कहा—"हुज़ूर, वह हमें नहीं दिखेगा। सुना है, वह बहुत बारीक़ होता है। हमारी आँखें आपकी विराटता देखने की इतनी आदी हो गयी हैं कि हमें बारीक़ चीज़ नहीं दिखती। हमें भ्रष्टाचार दिखा भी तो उसमें हमें आपकी ही छवि दिखेगी क्योंकि हमारी आँखों में तो आपकी ही सूरत बसी है। पर अपने राज्य में एक जाति रहती है जिसे 'विशेषज्ञ' कहते हैं। इस जाति के पास कुछ ऐसा अंजन होता है कि उसे आँखों में आँजकर वे बारीक़ चीज़ भी देख लेते हैं। मेरा निवेदन है कि इन विशेषज्ञों को ही हुज़ूर

भ्रष्टाचार ढूँढ़ने का काम सौंपें।"

राजा ने 'विशेषज्ञ' जाति के पाँच आदमी बुलाये और कहा—"सुना है, हमारे राज्य में भ्रष्टाचार है। पर वह कहाँ है, यह पता नहीं चलता। तुम लोग उसका पता लगाओ। अगर मिल जाये तो पकड़कर हमारे पास ले आना। अगर बहुत हो तो नमूने के लिए थोड़ा-सा ले आना।"

विशेषज्ञों ने उसी दिन से छान-बीन शुरू कर दी।

दो महीने बाद वे फिर से दरबार में हाजिर हुए।

राजा ने पूछा—"विशेषज्ञो, तुम्हारी जाँच पूरी हो गयी ?"

"जी, सरकार।"

"क्या तुम्हें भ्रष्टाचार मिला ?"

"जी, बहुत-सा मिला।"

राजा ने हाथ बढ़ाया—"लाओ, मुझे दिखाओ। देखूँ, कैसा होता है।"

विशेषज्ञों ने कहा—"हुज़ूर, वह हाथ की पकड़ में नहीं आता। वह स्थूल नहीं, सूक्ष्म है, अगोचर है। पर वह सर्वत्र व्याप्त है। उसे देखा नहीं जा सकता, अनुभव किया जा सकता है।"

राजा सोच में पड़ गये। बोले—"विशेषज्ञो, तुम कहते हो कि वह सूक्ष्म है, अगोचर है और सर्वव्यापी है। ये गुण तो ईश्वर के हैं। तो क्या भ्रष्टाचार ईश्वर है ?"

विशेषज्ञों ने कहा—"हाँ, महाराज, अब भ्रष्टाचार ईश्वर हो गया है।"

एक दरबारी ने पूछा—"पर वह है कहाँ ? कैसे अनुभव होता है ?"

विशेषज्ञों ने जवाब दिया—"वह सर्वत्र है। वह इस भवन में है। वह महाराज के सिंहासन में है।"

"सिंहासन में है ?"—कहकर राजा साहब उछलकर दूर खड़े हो गये।

विशेषज्ञों ने कहा—"हाँ, सरकार, सिंहासन में है। पिछले माह इस सिंहासन पर रंग करने के जिस बिल का भुगतान किया गया है, वह बिल झूठा है। वह वास्तव से दुगुने दाम का है। आधा पैसा बीचवाले खा गये। आपके पूरे शासन में भ्रष्टाचार है और वह मुख्यतः घूस के रूप में है।"

विशेषज्ञों की बात सुनकर राजा चिन्तित हुए और दरबारियों के कान खड़े हुए।

राजा ने कहा—"यह तो बड़ी चिन्ता की बात है। हम भ्रष्टाचार बिलकुल मिटाना चाहते हैं। विशेषज्ञो, तुम बता सकते हो कि वह कैसे मिट सकता है?"

विशेषज्ञों ने कहा—"हाँ, महाराज, हमने उसकी भी योजना तैयार की है। भ्रष्टाचार मिटाने के लिए महाराज को व्यवस्था में बहुत परिवर्तन करने होंगे। एक तो भ्रष्टाचार के मौक़े मिटाने होंगे। जैसे ठेका है तो ठेकेदार है। और ठेकेदार है तो अधिकारियों को घूस है। ठेका मिट जाये तो उसकी घूस मिट जाये। इसी तरह और भी बहुत-सी चीज़ें हैं। किन कारणों से आदमी घूस लेता है, यह भी विचारणीय है।"

राजा ने कहा—"अच्छा, तुम अपनी पूरी योजना रख जाओ। हम और हमारा दरबार उसपर विचार करेंगे।"

विशेषज्ञ चले गये।

राजा ने और दरबारियों ने भ्रष्टाचार मिटाने की योजना को पढ़ा। उस पर विचार किया।

विचार करते दिन बीतने लगे और राजा का स्वास्थ्य बिगड़ने लगा। एक दिन एक दरबारी ने कहा—"महाराज, चिन्ता के कारण आपका स्वास्थ्य बिगड़ता जा रहा है। उन विशेषज्ञों ने आपको झंझट में डाल दिया।"

राजा ने कहा—"हाँ, मुझे रात को नींद नहीं आती।"

दूसरा दरबारी बोला—"ऐसी रिपोर्ट को आग के हवाले कर देना चाहिए जिससे महाराज की नींद में खलल पड़े।"

राजा ने कहा—"पर करें क्या ? तुम लोगों ने भी भ्रष्टाचार मिटाने की योजना का अध्ययन किया है। तुम्हारा क्या मत है ? क्या उसे काम में लाना चाहिए ?"

दरबारियों ने कहा—"महाराज, यह योजना क्या है, एक मुसीबत है। उसके अनुसार कितने उलट-फेर करने पड़ेंगे ! कितनी परेशानी होगी ! सारी व्यवस्था उलट-पलट हो जायेगी। जो चला आ रहा है, उसे बदलने से नयी-नयी कठिनाइयाँ पैदा हो सकती हैं। हमें तो कोई ऐसी तरकीब चाहिए जिससे बिना कुछ उलट-फेर किये भ्रष्टाचार मिट जाये।"

राजा साहब बोले—"मैं भी यही चाहता हूँ। पर यह हो कैसे ? हमारे

प्रपितामह को तो जादू आता था; हमें वह भी नहीं आता। तुम लोग ही कोई उपाय खोजो।''

एक दिन दरबारियों ने राजा के सामने एक साधु को पेश किया और कहा—''महाराज, एक कन्दरा में तपस्या करते हुए इन महान् साधक को हम ले आये हैं। इन्होंने सदाचार का तावीज़ बनाया है। वह मन्त्रों से सिद्ध है और उसके बाँधने से आदमी एकदम सदाचारी हो जाता है।''

साधु ने अपने झोले में से एक तावीज़ निकालकर राजा को दी। राजा ने उसे देखा। बोले—''हे साधु, इस तावीज़ के विषय में मुझे विस्तार से बताओ। इससे आदमी सदाचारी कैसे हो जाता है ?''

साधु ने समझाया—''महाराज, भ्रष्टाचार और सदाचार मनुष्य की आत्मा में होता है; बाहर से नहीं आता। विधाता जब मनुष्य को बनाता है तब किसी आत्मा में ईमान की कल फ़िट कर देता है और किसी की आत्मा में बेईमानी की। इस कल में से ईमान या बेईमानी के स्वर निकलते हैं जिन्हें 'आत्मा की पुकार' कहते हैं। आत्मा की पुकार के अनुसार ही आदमी काम करता है। प्रश्न यह है कि जिनकी आत्मा से बेईमानी के स्वर निकलते हैं, उन्हें दबाकर ईमान के स्वर कैसे निकाले जायें ? मैं कई वर्षों से इसी के चिन्तन में लगा हूँ। अभी मैंने यह सदाचार का तावीज़ बनाया है। जिस आदमी की भुजा पर यह बँधा होगा, वह सदाचारी हो जायेगा। मैंने कुत्ते पर भी प्रयोग किया है। यह तावीज़ गले में बाँध देने से कुत्ता भी रोटी नहीं चुराता। बात यह है कि इस तावीज़ में से भी सदाचार के स्वर निकलते हैं। जब किसी की आत्मा बेईमानी के स्वर निकालने लगती है तब इस तावीज़ की शक्ति आत्मा का गला घोंट देती है और आदमी को तावीज़ के ईमान के स्वर सुनाई पड़ते हैं। वह इन स्वरों को आत्मा की पुकार समझकर सदाचार की ओर प्रेरित होता है। यही इस तावीज़ का गुण है, महाराज !''

दरबार में हलचल मच गयी। दरबारी उठ-उठकर तावीज़ को देखने लगे।

राजा ने खुश होकर कहा—''मुझे नहीं मालूम था कि मेरे राज्य में ऐसे चमत्कारी साधु भी हैं। महात्मन्, हम आपके बहुत आभारी हैं। आपने हमारा संकट हर लिया। हम सर्वव्यापी भ्रष्टाचार से बहुत परेशान थे। मगर हमें

लाखों नहीं, करोड़ों तावीज़ चाहिए। हम राज्य की ओर से तावीज़ों का एक कारखाना खोल देते हैं। आप उसके जनरल मैनेजर बन जायें और अपनी देख-रेख में बढ़िया तावीज़ बनवायें।''

एक मन्त्री ने कहा—''महाराज, राज्य क्यों इस झंझट में पड़े ? मेरा तो निवेदन है कि साधु बाबा को ठेका दे दिया जाये। वे अपनी मण्डली से तावीज़ बनवाकर राज्य को सप्लाई कर देंगे।''

राजा को यह सुझाव पसन्द आया। साधु को तावीज़ बनाने का ठेका दे दिया गया। उसी समय पाँच करोड़ रुपये कारखाना खोलने के लिए पेशगी मिल गयी।

राज्य के अख़बारों में ख़बरें छपीं—'सदाचार के तावीज़ की खोज !' 'तावीज़ बनाने का कारखाना खुला !'

लाखों तावीज़ बन गये। सरकार के हुक्म से हर सरकारी कर्मचारी की भुजा पर एक-एक तावीज़ बाँध दिया गया।

भ्रष्टाचार की समस्या का ऐसा सरल हल निकल आने से राजा और दरबारी सब खुश थे।

एक दिन राजा की उत्सुकता जागी। सोचा—'देखें तो कि यह तावीज़ कैसे काम करता है !'

वह वेश बदलकर एक कार्यालय गये। उस दिन 2 तारीख़ थी। एक दिन पहले ही तनख़्वाह मिली थी।

वह एक कर्मचारी के पास गये और कई काम बताकर उसे पाँच रुपये का नोट देने लगे।

कर्मचारी ने उन्हें डाँटा—''भाग जाओ यहाँ से ! घूस लेना पाप है !''

राजा बहुत खुश हुए। तावीज़ ने कर्मचारी को ईमानदार बना दिया था।

कुछ दिन बाद वह फिर वेश बदलकर उसी कर्मचारी के पास गये। उस दिन इकतीस तारीख़ थी —महीने का आखिरी दिन।

राजा ने फिर उसे पाँच का नोट दिखाया और उसने लेकर जेब में रख लिया।

राजा ने उसका हाथ पकड़ लिया। बोले—''मैं तुम्हारा राजा हूँ। क्या तुम आज सदाचार का तावीज़ बाँधकर नहीं आये ?''

"बाँधा है, सरकार, यह देखिए !"

उसने आस्तीन चढ़ाकर तावीज़ दिखा दिया।

राजा असमंजस में पड़ गये। फिर ऐसा कैसे हो गया ?

उन्होंने तावीज़ पर कान लगाकर सुना। तावीज़ में से स्वर निकल रहे थे—"अरे, आज इकतीस है। आज तो ले ले !"

एकलव्य ने गुरु को अँगूठा दिखाया

सन् 4163 ईसवीं।

शोधकर्ताओं को कुछ पुरानी पोथियों की पाण्डुलिपियाँ हाल ही में मिली हैं, जिनमें बीसवीं सदी के अन्त में लिखित एक पुराण भी है। इस पुराण को सम्पादित करके हाल ही में प्रकाशित किया गया है। सम्पादक ने इस पुराण की भूमिका में लिखा है—"...यह पुराण बीसवीं सदी के अन्तिम वर्षों में लिखा गया मालूम होता है। इसकी केवल एक हस्तलिखित प्रति ही प्राप्त हुई है। यद्यपि बीसवीं सदी में मुद्रण-विधा बहुत ही पिछड़ी हुई थी और 'रोटरी' नाम की छपाई की एक मामूली मशीन को ही लोग इतनी बड़ी उपलब्धि मानते थे कि उसके प्रचार के लिए आधी दुनिया में 'रोटरी क्लब' खुले हुए थे फिर भी उस युग में पुस्तकें थोड़ी-बहुत छप जाती थीं। यह महत्त्वपूर्ण पुराण तब क्यों नहीं छप सका, इसके सामाजिक, राजनीतिक कारणों की खोज हो रही है। इस पुराण से उस युग के सामाजिक, आर्थिक, नैतिक और सांस्कृतिक जीवन पर विशद् प्रकाश पड़ता है।" उक्त पुराण में से एक कथा यहाँ उद्धृत की जा रही है।

—लेखक

एक समय की बात है।

एक विश्वविद्यालय में राजनीति विभाग के एक प्रतिष्ठित अध्यापक थे, जिनका नाम द्रोणाचार्य था। पद-क्रम के अनुसार वे 'रीडर' कहलाते थे। 'रीडर' (पढ़नेवाला) उस अध्यापक को कहते थे, जिसे कक्षा में पढ़ाना नहीं आता था और वह पाठ्य-पुस्तक या कुंजी कक्षा में पढ़कर काम चला लेता था।

आचार्य द्रोणाचार्य के दो शिष्य थे। एक का नाम अर्जुनदास था और दूसरे का एकलव्यदास। अर्जुनदास एक धनी बाप का बेटा था, जिनका समाज में प्रभाव था और राजदरबार में भी उनका मान होता था। आचार्य रोज़ अर्जुनदास के घर जाते थे और अर्जुनदास भी रोज़ उनके घर आता था। उनका साथ इतना घना था कि कोई यदि आँखें बन्द करके आचार्यप्रवर की कल्पना करता, तो आचार्य का शरीर कल्पना में आते-आते उसमें एक दुम निकल आती और दुम के छोर पर अर्जुनदास का चेहरा बन जाता।

एकलव्य ग़रीब आदमी का लड़का था, इसलिए उसे आचार्य का साक्षात्कार बहुत कम होता था। पर गुरु के प्रति उसकी भक्त थी। उसने अपने कमरे में द्रोणाचार्य का एक चित्र टाँग रखा था और उनकी लिखी हुई एक कुंजी सिरहाने रखकर सोता था।

दोनों शिष्य एम. ए. की परीक्षा की तैयारी कर रहे थे। (एम. ए. एक ऐसी परीक्षा थी जिसे पढ़ने के बाद तीन वर्ष का बेकारी का कोर्स पढ़ना पड़ता था।—सं.)

अर्जुन जानता था कि विद्या पढ़ने से नहीं, बल्कि गुरु-कृपा से प्राप्त होती है। वह निरन्तर गुरु की सेवा में रहता था। वह आचार्य के घर में किराना, कपड़ा, सब्ज़ी आदि पहुँचाता था। त्योहार पर आचार्य के पाँच बच्चों को बाज़ार ले जाता और उन्हें मिठाई, कपड़े, खिलौने आदि ख़रीद देता। वह आचार्या को सिनेमा-नाटक दिखाता था और अन्य अध्यापकों की पत्नियों की कलंक-कथाएँ गढ़कर, उन्हें सुनाकर उनका मनोरंजन करता था। वह आचार्य के कुशल-क्षेम पर ध्यान देता था। रात को उनके सामने अन्य आचार्यों की निन्दा करता था, जिससे उनकी आत्मा का उत्थान होता था।

उधर एकलव्य गुरु-सेवा से विमुख होकर रात-दिन अध्ययन में लगा रहता था। एक दिन आचार्य और अर्जुन में इस प्रकार संवाद हुआ :

"आचार्यवर, मैं आपके घर में किराना, कपड़ा, सब्ज़ी आदि पहुँचाता हूँ कि नहीं ?"

"हाँ वत्स, पहुँचाते हो।"

"आचार्या को सिनेमा-नाटक कौन दिखाता है ? बच्चों को मिठाई, खिलौने और कपड़े कौन ख़रीद देता है ?"

"तू ही, बेटा। तू ही यह सब करता है।"

"क्या कोई दूसरा शिष्य है, जो आपके मुँह पर आपकी प्रशंसा मुझसे अधिक करके आपके मन को प्रसन्न करता हो ?"

"नहीं, कोई नहीं।"

"क्या कोई ऐसा अध्यापक बचा है, जिसकी निन्दा न करके मैंने आपके हृदय को दुखाया हो ?"

"नहीं, कोई नहीं बचा, वत्स।"

"क्या यह सत्य नहीं कि आपके रीडर बनने में मेरे पिताजी का बड़ा हाथ है ?"

"यह सर्वथा सत्य है।"

"आगे विभागाध्यक्ष बनने के लिए आप किसकी सहायता लेंगे ?"

"निःसन्देह तेरे पिता की।"

"क्या एकलव्य ने आपकी सेवा की है ?"

"बिलकुल नहीं। उसे तो गुरु की कोई सुध ही नहीं है। वह तो हमेशा निर्जीव ग्रन्थों में ही डूबा रहता है।"

"अच्छा, यह बताइए गुरुदेव, कि आपका सबसे प्रिय शिष्य कौन है ?"

"तू है, वत्स ! तुझ-सा प्रिय शिष्य न कभी हुआ है और न होगा।"

सहसा अर्जुन हाथ जोड़कर खड़ा हो गया और बोला—"तो गुरुदेव, मुझे वर दीजिए कि मैं ही फ़र्स्ट क्लास फ़र्स्ट आऊँ और छात्रवृत्ति लेकर विदेश जाऊँ।"

यह सुनकर आचार्य थोड़ी देर सोच में पड़े रहे, फिर बोले—"यह तो मैं भी चाहता हूँ, पर एकलव्य इसमें बाधक होगा। वह सबसे कुशाग्रबुद्धि है और परिश्रमी भी।"

अर्जुनदास ने कहा—"यह मैं कुछ नहीं जानता। मैं तो इतना जानता हूँ कि यदि मैं प्रथम नहीं आया, तो गुरु की महिमा भंग हो जायेगी, आगे कोई शिष्य गुरु की सेवा नहीं करेगा और इस अधम परम्परा को आरम्भ करने का कलंक आपको लगेगा।"

आचार्य फिर सोच में पड़ गये। धीरे-धीरे उनके मुख पर निश्चय की दृढ़ता आ गयी। अर्जुन उस क्षण गुरु के उस तेजोद्दीप्त मुख को देखकर

अभिभूत हो गया। लगता था, आचार्य के जीवन-भर के पुण्य आभा बनकर मुख पर प्रकट हो गये हैं।

आचार्य ने दृढ़ स्वर में कहा—"तेरी मनोकामना पूरी होगी।"

दूसरे दिन आचार्य ने एकलव्य को बुलाया। उससे पूछा—"वत्स, तूने अपने कमरे में मेरा चित्र क्यों टाँग रखा है ?"

एकलव्य ने कहा—"क्योंकि आप मेरे गुरु हैं।"

"और मेरी लिखी हुई कुंजी तू सिरहाने रखकर क्यों सोता है ?"

"इसलिए कि दिन में प्राप्त किया हुआ बिखरा ज्ञान रात में परीक्षा के प्रश्नोत्तरों में सिमटकर बँध जाये।"

आचार्य ने ध्यान से देखा। फिर कहा—"यदि तू मेरा शिष्य है, तो मुझे गुरु-दक्षिणा दे।"

एकलव्य ने उत्तर दिया—"मैं क्या दे सकता हूँ, गुरुवर ! न मेरी किराना की दुकान है, न होजरी की। मेरे पिता से भी ईमान बेचते नहीं बना, इसलिए निर्धन हैं।"

आचार्य ने कहा—"मैं वह वस्तु माँगता हूँ, जो तेरे पास है। तू मुझे अपने दाहिने हाथ का अँगूठा काटकर दे। उठा वह सुपारी काटने का सरौता और काट दे अँगूठा।"

एकलव्य शान्त था। वह मानो इसके लिए तैयार था। उसने कहा—"गुरुवर, अँगूठा तो मैं आपको सहर्ष काटकर दे दूँ, पर यह आपके किस काम आयेगा ?"

आचार्य ने कहा—"सो मैं जानता हूँ। मुझे एक महान् परम्परा का निर्वाह करना है। अर्जुन की भक्ति से मैं प्रसन्न हूँ। मैंने उसे वर दिया है कि तू ही प्रथम आयेगा। पर वह तब तक प्रथम नहीं आ सकता, जब तक तू लिखने में समर्थ है। तू लिख न सके और मेरा वचन पूरा हो, इसके लिए मुझे तेरा दाहिना अँगूठा चाहिए।"

एकलव्य हँसा। बोला—"मगर दाहिना अँगूठा काट देने से भी आपका उद्देश्य पूरा नहीं होगा। मैं बायें हाथ से भी उसी कुशलता से लिख लेता हूँ। जब मैंने होश सँभाला और अपने नाम पर ध्यान दिया, तभी मैं समझ गया कि कोई गुरु कभी मेरा अँगूठा माँगेगा। मैं तभी से दोनों हाथों से लिखने का

अभ्यास कर रहा हूँ। दोनों अँगूठे कटने से आपका उद्देश्य पूरा हो सकता है। पर शिष्य के दोनों अँगूठे कटवाने की परम्परा है नहीं।''

आचार्य निराश हुए। बोले—''अधम, तूने गुरुद्रोह किया। तूने दोनों हाथों से लिखने का अभ्यास कर लिया। ख़ैर, मेरे पास दूसरे रास्ते भी हैं।''

उस शाम को आचार्य ने अर्जुनदास से कहा—''उसका अँगूठा मैं नहीं ले सका। पर मेरे पास एक अकाट्य दाँव भी है, जिससे वह बच नहीं सकता। तुम्हांरा एक पेपर जाँचने के लिए मुझे मिलनेवाला है और दूसरा मेरे परम मित्र देवदत्त शर्मा को। इन दोनों में तुम्हें 100 में से 99 नम्बर मिल जायेंगे और तुम एकलव्य से आगे निकल जाओगे। उसके दोनों अँगूठे कट जायेंगे— उसकी तीव्र बुद्धि और उसका अध्ययन धरे रह जायेंगे।''

अर्जुन निश्चिन्त हो गया। उसे गुरु की क्षमता पर विश्वास था। वे विभाग में इतने प्रभावशाली थे कि उनकी मरज़ी के ख़िलाफ़ पत्ता तक नहीं हिलता था।

पेपर हो गये। अर्जुनदास और एकलव्य दोनों ने यथाबुद्धि प्रश्नों के उत्तर दिये। एकलव्य के मन में शंका थी, पर अर्जुनदास बिलकुल निःशंक था। उसे गुरु-कृपा प्राप्त थी।

अन्तिम परचा करके शाम को अर्जुन आचार्य के पास आया। आचार्य मुँह लटकाये बैठे थे।

अर्जुन का उत्साह ठण्डा पड़ गया। वह आचार्य के मुँह की तरफ़ देखता रहा।

आचार्य ने ठण्डी साँस खींचकर कहा—''मैं अधम हूँ। मैं अपना वचन पूरा नहीं कर सकूँगा। भविष्य में कोई शिष्य गुरु की सेवा नहीं करेगा और आगामी गुरुओं की पीढ़ियाँ मुझे धिक्कारेंगी।''

अर्जुन ने पूछा—''पर हुआ क्या, गुरुदेव ?''

आचार्य बोले—''धोखा हुआ। पेपर जाँचने के लिए न मुझे मिला, न देवदत्त को। उपकुलपति ने अपने हाथ से किन्हीं अज्ञात व्यक्तियों को पेपर दे दिये।''

अर्जुन ने कहा—''पर ऐसा हो कैरो गया ? पेपर किसे जाना है, यह तो आपने ही तय कराया था ?''

आचार्य बोले—"पर एकलव्य ने मेरी रिपोर्ट कर दी थी।"

गुरु-शिष्य दोनों सिर झुकाये बड़ी देर तक बैठे रहे। अर्जुन ने कहा—"गुरुदेव, प्राचीन काल में भी एक एकलव्य हो गया है न ?"

आचार्य बोले—"हाँ, पर उसमें और इसमें बड़ा अन्तर है। वह पुण्य-युग था, यह पाप-युग है। उस एकलव्य ने बिना तर्क के अँगूठा काटकर गुरु को दिया था, इस एकलव्य ने गुरु को अँगूठा दिखा दिया।"

प्रेमियों की वापसी

नदी के किनारे बैठकर दोनों ने अन्तिम चिट्‌ठी लिखी—"यह दुनिया क्रूर है। प्रेमियों को मिलने नहीं देती। हम इसे छोड़कर उस लोक जा रहे हैं, जहाँ प्रेम के मार्ग में कोई बाधा नहीं है।"

प्रेमेन्द्र ने कहा—"यह दुनिया बहुत बुरी है न, रंजना ?"

रंजना ने समर्थन किया—"हाँ, बहुत दुष्ट है।"

"इसमें आग क्यों नहीं लगती, रंजना ?"

"क्योंकि आग लगानेवाले आत्महत्या कर लेते हैं।"

प्रेमी ज़रा देर कुछ नहीं बोल सका। फिर उसने कहा—"हम अनन्त काल तक उस लोक में सुख भोगेंगे।"

प्रेमिका बोली—"इसका भी क्या ठीक है ! वहाँ मेरे चाचा-चाची पहले से ही हैं। तुम्हारे चाचा भी वहाँ पहुँच गये हैं। वे लोग क्या हमें शादी करने देंगे ?"

प्रेमी ने समझाया—"वहाँ कोई बन्धन नहीं है। भगवान् खुद कन्यादान करेंगे। बुज़ुर्गों के बाप भी अपना कुछ नहीं बिगाड़ सकते। तो, चिट्ठी पर दस्तख़त करो।"

रंजना ने कहा—"नहीं, पहले तुम।"

प्रेमेन्द्र बोला—"नहीं, पहले तुम। मैं सुसंस्कृत पुरुष हूँ। लेडीज़ फ़र्स्ट!"

रंजना ने कहा—"पर मैं नारी हूँ—पुरुष की अनुगामिनी।"

इस बात से सुसंस्कृत पुरुष खुश हो गया और उसने दस्तख़त कर दिये।

नीचे पुरुष की अनुगामिनी ने दस्तख़त कर दिये।

पानी में कूदते वक़्त भी विवाद हुआ—

"नहीं, पहले तुम। मैं सुसंस्कृत पुरुष हूँ। लेडीज़ फ़र्स्ट !"

"नहीं, तुम पहले। मैं नारी हूँ—पुरुष की अनुगामिनी।"

सुसंस्कृत पुरुष को इस बार खुशी नहीं हुई। उसने सन्देह से पुरुष की अनुगामिनी की तरफ़ देखा। उसने भी पलटकर सन्देह से सुसंस्कृत पुरुष की तरफ़ देखा।

दोनों एक साथ साड़ी से बँधे और कूद पड़े। जार्जेट सार्थक हुई।

रास्ते में रंजना ने प्रेमेन्द्र से कहा।—"तुम तो मरने के बाद भी दाँतों से नाखून काटते हो। बड़ी गन्दी आदत है।"

प्रेमेन्द्र ने कहा—"तुम भी तो भैंस की तरह मुँह फाड़कर जम्हाई ले रही हो। मुँह पर हाथ क्यों नहीं रखतीं ? बड़ी गँवार हो !"

रंजना ने विषय बदलना उचित समझा। बोली—"उधर घर के लोग अपने लिए बहुत रो रहे होंगे।"

प्रेमेन्द्र ने कहा—"तुम्हारे माँ-बाप तो खुश होंगे। सोचते होंगे, बला टली। दहेज बचा। तुम्हारी चार बहनें और बैठी हैं न।"

रंजना ने तैश में कहा—"और तुम्हारा बाप क्यों रो रहा होगा ? मैं जानती हूँ, वह तुमसे कितनी नफ़रत करता है।"

अब प्रेमेन्द्र को विषय बदलना उचित मालूम हुआ। उसने कहा—"छोड़ो इन बातों को। इधर घर बसाने की सोचो।"

रंजना ने कहा—"बड़ी ग़लती हो गयी। मैंने कॉलेज में हमेशा पाक-शास्त्र का पीरियड गोल किया। सीख लेती, तो तुम्हें बढ़िया पकवान बनाकर खिलाती।"

फिर उसे कुछ याद आया, बोली—"पर कोई बात नहीं। हमारी पाक-शास्त्र की प्रोफ़ेसर— मिस सूद—पिछले महीने ही वहाँ पहुँची हैं। तुम उन्हें जानते हो न ? पाक-शास्त्र बहुत अच्छा पढ़ाती हैं, पर खाना बहुत ख़राब बानाती हैं। उन्हें प्रिंसिपल साहिबा के भाई से गर्भ रह गया था। उन्होंने ज़हर खा लिया। बेचारी ने कैरेक्टर रोल अच्छा लिखवाने के लिए वैसा किया था।"

वे उस लोक पहुँच चुके थे। शाम को पार्क में घूम रहे थे कि एक बेंच पर पहचाने-से स्त्री-पुरुष बैठे दिखे। पुरुष नारी का हाथ पकड़े था और नारी पुरुष के कन्धे पर सिर रखे थी।

प्रेमेन्द्र ने ठिककर कहा—"अरे, ये तो मेरे स्कूल के हेडमास्टर सक्सेना साहब हैं !"

रंजना ने कहा—"और वह मेरी हेडमास्टरनी मिसेज़ शर्मा हैं !"

प्रेमेन्द्र ने कहा—"सक्सेना साहब तो बड़े सख़्त और अनुशासनप्रिय आदमी थे। हमने उन्हें कभी मुसकराते भी नहीं देखा। हम लोगों को आश्चर्य होता था कि जो आदमी मुसकरा नहीं सकता, उसके बच्चे कैसे होते जाते हैं।"

वे मुड़ने लगे। तभी हेडमास्टर ने पुकारा—"शरमाओ मत, बच्चो ! इधर आओ।"

वे उनके पास चले गये। मिसेज़ शर्मा ने अपनी विद्यार्थिनी को पहचान लिया। थोड़ी देर औपचारिक बातचीत होती रही। फिर वे अपने-अपने विद्यार्थी से पार्क में घूमते हुए बातें करने लगे।

हेडमास्टर ने कहा—"प्रेमेन, तुम परेशान हो रहे हो कि मुझ-जैसा कठोर, संयमी और सदाचारी आदमी मिसेज़ शर्मा से प्रेम कैसे करने लगा। बात ऐसी हुई कि दो साल पहेल एजूकेशन बोर्ड के दफ्तर में हम दोनों मैट्रिक की परीक्षा के नम्बरों का टोटल कर रहे थे। तभी हमारा भी टोटल हो गया। तीन महीने पहले मिसेज़ शर्मा की निमोनिया से मौत हो गयी और एक हफ्ता पहले मैं भी हार्टफ़ेल से यहाँ आ गया। मैंने इससे कह दिया है कि मैंने तुम्हारे विरह में आत्म-हत्या कर ली। तुम उसे बता मत देना कि मैं हार्टफ़ेल होने से मरा।"

उधर मिसेज़ शर्मा ने रंजना से कहा—"मैं तो इस हेडमास्टर का घमण्ड तोड़ना चाहती थी। यह बड़ा कठोर और सदाचारी बनता था। राष्ट्रपति से तमग़ा ले आया था। पर जब मैंने इसे तोड़ा, तो तमग़ा बेचकर मेरे चक्कर लगाने लगा। झूठ बोलना इसने यहाँ भी नहीं छोड़ा। मरा हार्टफ़ेल होने से और कहता है कि मैंने तुम्हारे लिए आत्महत्या कर ली। देख, तुझे जो करना हो, जल्दी कर लेना। पुरुष का कोई भरोसा नहीं। यह हेडमास्टर चोरी-चोरी

अपनी साली की तलाश करता रहता है।''

उधर हेडमास्टर ने प्रेमेन्द्र से कहा—''इस लड़की का कोई पूर्व प्रेमी तो यहाँ नहीं है ? ज़रा सावधान रहना। कुछ भरोसा नहीं। यह हेडमास्टरनी चुपके-चुपके अपने स्कूल के संगीत मास्टर का पता लगाती रहती है।''

वे अपने गुरुओं से दीक्षा लेकर आगे बढ़े, तो देखा—प्रेमेन्द्र के चाचा अपने साहब की बीवी के हाथ में हाथ डाले घूम रहे हैं। उसे झटका लगा। चाचा के बारे में वह ऐसी कल्पना नहीं कर सकता था। चाचा ने उसे देख लिया। बोले—''शरमाओ मत। यहाँ हम सब मुक्त हैं। मेमसाहब से हमारा उधर से ही चल रहा था।''

प्रेमेन्द्र ने कहा—''मगर चाचा, आप तो कहा करते थे, मेम साहब बड़ी फ्लर्ट (कुलटा) औरत है।''

चाचा ने कहा—''सो तो हम उसकी तारीफ़ में कहते थे। अरे, पतिव्रता होती, तो हमारे किस क़ाम आती ? फ्लर्ट है, तभी तो हमें फ़ायदा पहुँचाती रही है।''

अब प्रेमेन्द्र को विश्वास हो गया कि जिनसे डरते थे, वे सब नियम-बन्धन यहाँ नहीं हैं।

वह रंजना से शादी करने के लिए कहता और वह टालती जाती।

एक दिन उसने कहा—''मैं सब जान गया हूँ। तुम छिपकर उस विनोद से मिलती हो। वह, जो कार-दुर्घटना में मर गया था। वह हेडमास्टरनी तुम्हें उससे मिलवाती है। तुम भूल गयी कि यह वही विनोद है, जिसके बाप ने तुम्हारे बाबूजी को सस्पेण्ड करवाया था।''

रंजना ने कहा—''तुम्हें भ्रम है। मैं उससे नहीं मिलती।''

''तुम उससे कहीं प्रेम मत करने लगना।''

''मैं भला उस बदमाश से प्रेम करूँगी ?''

''तुम उसे प्रेम करने ही लगी हो। मुझे विश्वास हो गया है।''

''आखिर क्यों तुम ऐसा सोचते हो ? कैसे कहते हो कि मैं उससे प्रेम करती हूँ।''

''इसलिए कि तुमने उसे अभी 'बदमाश' कहा। प्रेम न करतीं, तो उसे बदमाश नहीं कहतीं।''

रंजना ने छिपाना ज़रूरी नहीं समझा। उसे बतला दिया कि मैं विनोद से विवाह करनेवाली हूँ।

प्रेमेन्द्र ने रोना चाहा, पर उस लोक में आँसू नहीं निकलते। उसने उसे भला-बुरा कहा और आत्महत्या की धमकी देकर चला गया।

पर आत्महत्या वह कर नहीं सका। उसने फाँसी लगाने की कोशिश की, गरदन कसी ही नहीं। रेल के नीचे लेट गया, पर पूरी गाड़ी निकल गयी और उसे चोट तक नहीं आयी। वह नदी में कूदा, पर उतराता रहा। एक दिन वह इमारत की पाँचवीं मंज़िल से कूद पड़ा। नीचे सड़क पर एक पुलिसवाले के ऊपर गिरा। पुलिसवाले ने हँसकर कहा—"क्या बच्चों का खेल खेलते हो!"

प्रेमेन्द्र ने कहा—"मैं पाँचवीं मंज़िल से कूदा हूँ और तुम इसे बच्चों का खेल कहते हो !"

उसने जवाब दिया—"तो क्या हुआ ! तुम यहाँ सौवीं मंज़िल से भी कूद सकते हो। पर तुम आखिर कूदे क्यों ?"

प्रेमेन्द्र ने कहा—"मैं आत्महत्या करना चाहता हूँ।"

पुलिसवाले ने कहा—"पर आत्महत्या तो यहाँ हो नहीं सकती। हो जाये, तो जीव यहाँ से कहाँ जायें ? तुम्हारे उधर के कवि तक यह जानते हैं। किसी ने कहा है न—"मर के भी चैन न पाया तो किधर जायेंगे !"

प्रेमेन्द्र ने कहा—"तो हत्या तो हो सकती होगी। मैं उस हेडमास्टरनी की हत्या करना चाहता हूँ।"

पुलिसमैन ने कहा—"तुम्हारे पुराने संस्कार छूटे नहीं हैं, तभी तो हत्या के लिए पुलिस से सलाह माँगते हो। देखो, हत्या भी नहीं हो सकती। वही समस्या है कि जीव कहाँ जाये। बात क्या है ? कुछ प्रेम वग़ैरह का मामला है क्या ?"

प्रेमेन्द्र ने कहा—"हाँ, वह मुझे धोखा दे गयी।"

पुलिसमैन ने कहा—"तो तुम प्रेम और विवाह विभाग के संचालक से मिलो। वे मामला सुलझायेंगे।"

प्रेमेन्द्र संचालक के दफ्तर में गया। उन्होंने उसे सिर से पाँव तक देखा और खूब मुसकान लाकर पूछा—"यस यंग मैन, ह्वाट कैनाई डू फ़ा' यू ?"

(मैं तुम्हारे लिए क्या कर सकता हूँ ?)

प्रेमेन्द्र ने कहा—"साहब भारत से आये मालूम होते हैं।"

साहब ने पूछा—"तुमने कैसे जाना ?"

प्रेमेन्द्र ने कहा—"ऐसे कि आप यहाँ भी अँगरेज़ी में बोल रहे हैं। यह ऊँचे दरजे के भारतीय का लक्षण है।"

साहब ने कहा—"तुम ठीक कहते हो। अँगरेज़ी के लिए ही मैंने वह गिरा हुआ देश छोड़ दिया। मैं आई. सी. एस. था। दिल्ली में एक विभाग का सेक्रेटरी था। 26 जनवरी, 1965 को जब हिन्दी उस देश की शासन की भाषा हो गयी, तो 27 को मैं हवाई जहाज़ से लन्दन पहुँचा और टेम्स नदी में कूद पड़ा।"

प्रेमेन्द्र ने कहा—"सर, आप इतनी दूर क्यों गये ? वहीं दिल्ली में यमुना में कूदकर मर सकते थे।"

साहब ने कहा—"नॉनसेन्स ! कैसी बात करते हो ! जमुना में कूदता. तो 'हर मेजस्टी' (इंग्लैण्ड की रानी) मेरे बारे में क्या सोचतीं ?"

प्रेमेन्द्र ने उन्हें अपनी समस्या बतायी। संचालक ने कहा—"यह पॉलिसी का मामला है। ऊपर से तय होगा। पॉलिसी तय करा लो, तो अमल में मैं, जैसा कहोगे, वैसा उसे घुमा दूँगा। ठीक उस पॉलिसी से उलटा उसी पॉलिसी के अन्तर्गत कर सकता हूँ। मुझे दिल्ली में इसका अभ्यास हो चुका है। मैं तुम्हारा केस विधाता के पास भेज देता हूँ। तुम उनसे कल मिल लो।"

दूसरे दिन प्रेमेन्द्र विधाता के सामने हाज़िर हुआ। रंजना भी बुला ली गयी थी।

विधाता ने कहा—"तुम्हारा मामला हमने देख लिया। तुम क्या चाहते हो ?"

प्रेमेन्द्र ने कहा—"अगर आप इसे सीरियसली लें, तो मैं आपको 'प्रभु' कहूँ—प्रभु, आप रंजना को मुझसे प्रेम करने का हुक्म दें और उस बदजात हेडमास्टरनी को डिसमिस कर दें।"

विधाता ने कहा—"जहाँ तक प्रेम का सम्बन्ध है, हमारे हाथ संविधान से बँधे हैं। प्रेम पब्लिक सेक्टर में नहीं है, प्राइवेट सेक्टर में है। वह हेडमास्टरनी भी हमारी नौकरी में नहीं है। हम दूसरा पक्ष सुनकर समझौता

कराने का प्रयत्न कर सकते हैं। देवी रंजना, तुम्हें इस सम्बन्ध में क्या कहना है ?''

रंजना ने निवेदन किया—''प्रभु, हमारी दुनिया में हमें स्वतन्त्रता नहीं है, इसलिए जो हमारे सम्पर्क में आ जाता है, उसी से हमें प्रेम करना पड़ता है। यह प्रेमेन्द्र हमारे घर में बचपन से आता रहा है। पिताजी इससे पान-सिगरेट मँगवाते थे। मेरे माता-पिता इतने सख़्त हैं कि न मुझे अकेली कहीं जाने देते थे, न किसी आदमी को घर में आने देते थे। मैं प्रेमेन्द्र के सिवा किसी दूसरे पुरुष को जानती भी नहीं थी। इसी मजबूरी में जो हमारा सम्बन्ध हुआ, उसे हम प्रेम कहने लगे। मेरा वश चलता, तो मैं विनोद से प्रेम करती। मुझे वह पसन्द था। पर उसके पिता ने हमारे बाबूजी को सस्पेण्ड करवा दिया था। इसलिए उसका हमारे यहाँ आना नहीं होता था। पर यहाँ स्वतन्त्रता है। मैं अपनी इच्छा से प्रेम कर सकती हूँ। इसलिए विनोद से प्रेम करती हूँ। परतन्त्रता में जो हो गया, वह स्वतन्त्रता में नियामक नहीं हो सकता।''

विधाता ने प्रेमेन्द्र से कहा—''सुना तुमने ? तुम क्या कहते हो ?''

प्रेमेन्द्र ने दुखी प्रेमी के आधिकारिक रोष से कहा—''यही कहना है कि हमें ऐसी जगह नहीं रहना। हमें वापस हमारे संसार में भेज दिया जाये। इधर का भरोसा झूठा निकला।''

विधाता ने कहा—''तुम वहाँ से यहाँ और यहाँ से वहाँ भागते फिरोगे, या कुछ करोगे भी ?''

तबतक सचिव ने रेकॉर्ड देखकर बताया—''प्रभु, इस लड़की की माता का कोटा ख़त्म हो गया है। पाँच लड़कियाँ देनी थीं, सो दे चुके। अब यह उसी परिवार में जन्म नहीं ले सकती। लड़के के बाप को अलबत्ता एक बेटा बक़ाया है।''

प्रेमेन्द्र ने गुस्से से कहा—''अजीब धाँधली है ! यहाँ भी अपना बाप हम नहीं चुन सकते ! एक लड़की किसी को दे देने में क्या लड़कियों का स्टॉक यहाँ ख़त्म हो जायेगा ?''

विधाता ने उसे नाराज़ी से देखा। बोले—''तुम्हें गुस्सा जल्दी आ जाता है, प्रेमी महोदय ! तुम इतनी जल्दी दुनिया क्यों छोड़ आये ? किसी दुर्घटना में मारे गये थे क्या ?''

प्रेमेन्द्र ने कहा—"मैं प्रेम के कारण आत्महत्या करके आया हूँ। हम दोनों एक साथ नदी में कूद पड़े। वहाँ दुनियावाले हमारी शादी नहीं होने दे रहे थे।"

विधाता ने कहा—"मगर तुम बातें ऐसे तैश में करते हो, जैसे किसी आन्दोलन में शहीद होकर आये हों ! दुनिया में कोई और काम करने को नहीं बचे थे जो यहाँ चले आये ?"

वे दोनों एक-दूसरे की तरफ़ देखने लगे।

विधाता ने रंजना से कहा—"देवीजी, आपका नया प्रेमी जब सुनेगा कि आप इनके प्रेम में आत्महत्या करके आयी हैं, तो वह भी आपको छोड़ देगा। यहाँ सुन्दरियों की कमी नहीं है।"

रंजना ने कहा—"साहब, यह जगह हमें बिलकुल पसन्द नहीं आयी। यहाँ कुछ निश्चित नहीं है। इधर की स्वतन्त्रता बरदाश्त नहीं हो सकती। कोई किसी के प्रति सच्चा नहीं होता। आप तो हम लोगों को वापस हमारी दुनिया में भेज दीजिए। कहीं भी भेज दीजिए।"

विधाता ने कहा—"पर अब एक कठिनाई है। जो प्रेम में आत्महत्या करके आते हैं, उन्हें फिर मनुष्य बनाने का नियम नहीं है। जिस कारण से उन्हें जीना चाहिए, उस कारण से वे मर जाते हैं। उनमें मनुष्य के रूप में प्रेम करने के योग्य साहस और विवेक की कमी होती है। तुम्हारे लिए भी यह अच्छा नहीं है कि तुम फिर मनुष्य बनो। एक बार बनकर और प्रेम करके तुमने देख लिया। तुमसे बना नहीं। तुममें हिम्मत ही नहीं है प्रेम को निबाहने की। तुम दुबारा इस झंझट में मत पड़ो। कोई और जीवधारी बनो, जो मनुष्य की तरह प्रेम करने को बाध्य नहीं है। बोलो, कौन जानवर बनना चाहते हो ?"

प्रेमेन्द्र ने रंजना से कहा—"बता, क्या बनेगी !"

उसने प्रेमेन्द्र से कहा—"तुम्हीं बताओ पहले।"

प्रेमेन्द्र ने कहा, 'नहीं, पहले तुम। मैं सुसंस्कृत आदमी हूँ, लेडीज़ फ़र्स्ट !"

रंजना ने कहा—"नहीं, तुम पहले बताओ। मैं स्त्री हूँ, पुरुष की अनुगामिनी !"

उखड़े खम्भे

एक दिन राजा ने खीझकर घोषणा कर दी कि मुनाफ़ाख़ोरों को बिजली के खम्भे से लटका दिया जायेगा।[1]

सुबह होते ही लोग बिजली के खम्भों के पास जमा हो गये। उन्होंने खम्भों की पूजा की, आरती उतारी और उन्हें तिलक किया।

शाम तक वे इन्तज़ार करते रहे कि अब मुनाफ़ाख़ोर टाँगे जायेंगे—और अब। पर कोई नहीं टाँगा गया।

लोग जुलूस बनाकर राजा के पास गये और कहा—"महाराज, आपने तो कहा था कि मुनाफ़ाखोर बिजली के खम्भे से लटकाये जायेंगे, पर खम्भे तो वैसे ही खड़े हैं और मुनाफ़ाखोर स्वस्थ और सानन्द हैं।"

राजा ने कहा—"कहा है तो उन्हें खम्भों से टाँगा ही जायेगा। थोड़ा समय लगेगा। टाँगने के लिए फन्दे चाहिए। मैंने फन्दे बनाने का ऑर्डर दे दिया है। उनके मिलते ही, सब मुनाफ़ाख़ोरों को बिजली के खम्भों से टाँग दूँगा।"

भीड़ में से एक आदमी बोल उठा—"पर फन्दे बनाने का ठेका भी तो एक मुनाफ़ाखोर ने ही ले लिया है।"

राजा ने कहा—"तो क्या हुआ ? उसे उसके ही फन्दे से टाँगा जायेगा।"

तभी दूसरा बोला—"पर वह तो कह रहा था कि फाँसी लटकाने का ठेका भी मैं ही ले लूँगा।"

---

1. सन्दर्भ : भूतपूर्व प्रधानमन्त्री स्वर्गीय पण्डित नेहरू की मशहूर घोषणा।

राजा ने जवाब दिया—"नहीं, ऐसा नहीं होगा। फाँसी देना निजी क्षेत्र का उद्योग अभी नहीं हुआ है।"

लोगों ने पूछा—"तो कितने दिन बाद वे लटकाये जायेंगे ?"

राजा ने कहा—"आज से ठीक सोलहवें दिन वे तुम्हें बिजली के खम्भों से लटके दीखेंगे।"

लोग दिन गिनने लगे।

सोलहवें दिन सुबह उठकर लोगों ने देखा कि बिजली के सारे खम्भे उखड़े पड़े हैं। वे हैरान, कि रात को न आँधी आयी न भूकम्प आया, फिर ये खम्भे कैसे उखड़ गये ?

उन्हें एक खम्भे के पास एक मज़दूर खड़ा मिला। उसने बतलाया कि मज़दूरों से रात को ये खम्भे उखड़वाये गये हैं। लोग उसे पकड़कर राजा के पास ले गये।

उन्होंने शिकायत की—"महाराज, आप आज मुनाफ़ाख़ोरों को बिजली के खम्भों से लटकानेवाले थे, पर रात में सब खम्भे उखाड़ दिये गये। हम इस मज़दूर को पकड़ लाये हैं। यह कहता है कि रात को सब खम्भे उखड़वाये गये हैं।"

राजा ने मज़दूर से पूछा—"क्यों रे, किसके हुक्म से तुम लोगों ने खम्भे उखाड़े ?"

उसने कहा—"सरकार, ओवरसियर साहब ने हुक्म दिया था।"

तब ओवरसियर बुलाया गया।

उससे राजा ने कहा—"क्यों जी, तुम्हें मालूम है, मैंने आज मुनाफ़ाखोरों को बिजली के खम्भों से लटकाने की घोषणा की थी ?"

उसने कहा—"जी सरकार !"

"फिर तुमने रातों-रात खम्भे क्यों उखड़वा दिये ?"

"सरकार, इंजीनियर साहब ने कल शाम को हुक्म दिया था कि रात में खम्भे उखाड़ दिये जायें।"

अब इंजीनियर बुलाया गया। उसने कहा कि "उसे बिजली इंजीनियर ने आदेश दिया था कि रात में सारे खम्भे उखाड़ देने चाहिए।"

बिजली इंजीनियर से कैफ़ियत तलब की गयी, तो उसने हाथ जोड़कर

कहा कि, "सेक्रेटरी साहब का हुक्म मिला था।"

विभागीय सेक्रेटरी से राजा ने पूछा—"खम्भे उखाड़ने का हुक्म तुमने दिया था ?"

सेक्रेटरी ने स्वीकार किया—"जी सरकार !"

राजा ने कहा—"यह जानते हुए भी कि आज मैं इन खम्भों का उपयोग मुनाफ़ाखोरों को लटकाने के लिए करनेवाला हूँ, तुमने ऐसा दुस्साहस क्यों किया ?"

सेक्रेटरी ने कहा—"साहब, पूरे शहर की सुरक्षा का सवाल था। अगर रात को खम्भे न हटा लिये जाते, तो आज सारा शहर नष्ट हो जाता।"

राजा ने पूछा—"यह तुमने कैसे जाना ? किसने बताया तुम्हें ?"

सेक्रेटरी ने कहा—"मुझे विशेषज्ञ ने सलाह दी थी कि यदि शहर को बचाना चाहते हो तो सुबह होने के पहले खम्भों को उखड़वा दो।"

राजा ने पूछा—"कौन है यह विशेषज्ञ ? भरोसे का आदमी है ?"

सेक्रेटरी ने कहा—"बिलकुल भरोसे का आदमी है सरकार ! घर का ही आदमी है। मेरा साला होता है। मैं उसे हुज़ूर के सामने पेश करता हूँ।"

विशेषज्ञ ने निवेदन किया—"सरकार, मैं विशेषज्ञ हूँ और भूमि तथा वातावरण की हलचल का अध्ययन करता हूँ। मैंने परीक्षण के द्वारा पता लगाया कि ज़मीन के नीचे एक भयंकर विद्युत्-प्रवाह घूम रहा है। मुझे यह भी मालूम हुआ कि आज वह बिजली हमारे शहर के नीचे से निकलेगी। आपको मालूम नहीं हो रहा है, पर मैं जानता हूँ कि इस वक़्त हमारे नीचे से भयंकर बिजली प्रवाहित हो रही है। यदि हमारे बिजली के खम्भे ज़मीन में गड़े रहते तो वह बिजली खम्भों के द्वारा ऊपर आती और उसकी टक्कर अपने पावरहाउस की बिजली से होती। तब भयंकर विस्फोट होता। शहर पर हज़ारों बिजलियाँ एक साथ गिरतीं। तब न एक प्राणी जीवित बचता, न एक इमारत खड़ी रहती। मैंने तुरन्त सेक्रेटरी साहब को यह बात बतायी और उन्होंने ठीक समय पर उचित क़दम उठाकर शहर को बचा लिया।"

लोग बड़ी देर तक सकते में खड़े रहे। वे मुनाफ़ाखोरों को बिलकुल भूल गये। वे सब उस संकट से अभिभूत थे, जिसकी कल्पना उन्हें दी गयी थी। जान बच ज़ाने की अनुभूति से वे दबे हुए थे। चुपचाप लौट गये।

उसी सप्ताह बैंक में इन नामों से ये रक़में जमा हुईं—

सेक्रेटरी की पत्नी के नाम पर—2 लाख रुपये

श्रीमती बिजली इंजीनियर—1 लाख रुपये

श्रीमती इंजीनियर—1 लाख रुपये

श्रीमती विशेषज्ञ—25 हज़ार रुपये

श्रीमती ओवरसियर—5 हज़ार रुपये

उसी सप्ताह 'मुनाफ़ाखोर संघ' के हिसाब में नीचे लिखी रक़में 'धर्मादा' खाते में डाली गयीं —

कोढ़ियों की सहायता के लिए दान—2 लाख रुपये

विधवाश्रम को—1 लाख रुपये

क्षय रोग के अस्पताल को—1 लाख रुपये

पागलखाने को—25 हज़ार

अनाथालय को—5 हज़ार।

भगत की गत

उस दिन जब भगतजी की मौत हुई थी, तब हमने कहा था—भगतजी स्वर्गवासी हो गये।

पर अभी मुझे मालूम हुआ कि भगतजी, स्वर्गवासी नहीं, नरकवासी हुए हैं। मैं कहूँ, तो किसी को इसपर भरोसा नहीं होगा, पर यह सही है कि उन्हें नरक में डाल दिया गया है और उनपर ऐसे जघन्य पापों के आरोप लगाये गये हैं कि निकट भविष्य में उनके नरक से छूटने की कोई आशा नहीं है। अब हम उनकी आत्मा की शान्ति की प्रार्थना करें, तो भी कुछ नहीं होगा। बड़ी से बड़ी शोक-सभा भी उन्हें नरक से नहीं निकाल सकती।

सारा मुहल्ला अभी भी याद करता है कि भगतजी मन्दिर में आधीरात तक भजन करते थे। हर दो-तीन दिनों में वे किसी समर्थ श्रद्धालु से मन्दिर में लाउड-स्पीकर लगवा देते और उसपर अपनी मण्डली समेत भजन करते। पर्व पर तो चौबीसों घण्टे लाउड-स्पीकर पर अखण्ड कीर्तन होता। एक-दो बार मुहल्लेवालों ने इस अखण्ड कोलाहल का विरोध किया तो भगतजी ने भक्तों की भीड़ जमा कर ली और दंगा कराने पर उतारू हो गये। वे भगवान् के लाउड-स्पीकर पर प्राण देने और प्राण लेने पर तुल गये थे।

ऐसे ईश्वर-भक्त, जिन्होंने अरबों बार भगवान् का नाम लिया, नरक में भेजे गये और अजामिल, जिसने एक बार भूल से भगवान् का नाम ले लिया था, अभी भी स्वर्ग के मज़े लूट रहा है। अन्धेर कहाँ नहीं है!

भगतजी बड़े विश्वास से उस लोक में पहुँचे। बड़ी देर तक यहाँ-वहाँ घूमकर देखते रहे। फिर एक फाटक पर पहुँचकर चौकीदार से पूछा—"स्वर्ग का प्रवेश-द्वार यही है न ?"

चौकीदार ने कहा—"हाँ, यही है।"

वे आगे बढ़ने लगे, तो चौकीदार ने रोका—"प्रवेश-पत्र यानी टिकिट दिखाइए पहले।"

भगतजी को क्रोध आ गया। बोले—"मुझे भी टिकिट लगेगा यहाँ ? मैंने कभी टिकिट नहीं लिया। सिनेमा मैं बिना टिकिट देखता था और रेल में भी बिना टिकिट बैठता था। कोई मुझसे टिकिट नहीं माँगता। अब यहाँ स्वर्ग में टिकिट माँगते हो ? मुझे जानते हो। मैं 'भगतजी' हूँ।"

चौकीदार ने शान्ति से कहा—"होंगे। पर मैं बिना टिकिट के नहीं जाने दूँगा। आप पहले उस दफ्तर में जाइए। वहाँ आपके पाप-पुण्य का हिसाब होगा और तब आपको टिकिट मिलेगा।"

भगतजी उसे ठेलकर आगे बढ़ने लगे। तभी चौकीदार एकदम पहाड़ सरीखा हो गया और उसने उन्हें उठाकर दफ्तर की सीढ़ी पर खड़ा कर दिया।

भगतजी दफ्तर में पहुँचे। वहाँ कोई बड़ा देवता फ़ाइलें लिये बैठा था। भगतजी ने हाथ जोड़कर कहा—"अहा, मैं पहचान गया। भगवान् कार्तिकेय विराजे हैं।"

फ़ाइल से सिर उठाकर उसने कहा—"मैं कार्तिकेय नहीं हूँ। झूठी चापलूसी मत करो। जीवन-भर वहाँ तो कुकर्म करते रहे हो और यहाँ आकर 'हें हें' करते हो। नाम बताओ।"

भगतजी ने नाम बताया, धाम बताया।

उस अधिकारी ने कहा—"तुम्हारा मामला बड़ा पेचीदा है। हम अभी तक तय नहीं कर पाये कि तुम्हें स्वर्ग दें या नरक। तुम्हारा फ़ैसला खुद भगवान् करेंगे।"

भगतजी ने कहा—"मेरा मामला तो बिलकुल सीधा है। मैं सोलह आने धार्मिक आदमी हूँ। नियम से रोज़ भगवान् का भजन करता रहा हूँ। कभी झूठ नहीं बोला और कभी चोरी नहीं की। मन्दिर में इतनी स्त्रियाँ आती थीं, पर मैं सबको माता समझता था। मैंने कभी कोई पाप नहीं किया। मुझे तो आँख मूँदकर आप स्वर्ग भेज सकते हैं।"

अधिकारी ने कहा—"भगतजी, आपका मामला उतना सीधा नहीं है, जितना आप समझ रहे हैं। परमात्मा खुद उसमें दिलचस्पी ले रहे हैं। आपको

मैं उनके सामने हाज़िर किये देता हूँ।"

एक चपरासी भगतजी को भगवान् के दरबार में ले चला। भगतजी ने रास्ते में ही स्तुति शुरू कर दी। जब वे भगवान् के सामने पहुँचे तो बड़े ज़ोर से भजन गाने लगे—

"हम भगतन के भगत हमारे,
सुन अर्जुन परतिज्ञा मेरी, यह व्रत टरै न टारे।"

भजन पूरा करके गद्‌गद वाणी में बोले—"अहा, जन्म-जन्मान्तर की मनोकामना आज पूरी हुई है। प्रभु, अपूर्व रूप है आपका। जितनी फ़ोटो आपकी संसार में चल रही हैं, उनमें से किसी से नहीं मिलता।"

भगवान् स्तुति से 'बोर' हो रहे थे। रुखाई से बोले—"अच्छा, अच्छा, ठीक है। अब क्या चाहते हो, सो बोलो।"

भगतजी ने निवेदन किया—"भगवन्, आपसे क्या छिपा है ! आप तो सबकी मनोकामना जानते हैं। कहा है—'राम, झरोखा बैठके सबका मुजरा लेय, जाकी जैसी चाकरी ताको तैसा देय !' प्रभु, मुझे स्वर्ग में कोई अच्छी-सी जगह दिला दीजिए।"

प्रभु ने कहा—"तुमने ऐसा क्या किया है, जो तुम्हें स्वर्ग मिले ?"

भगतजी को इस प्रश्न से चोट लगी। जिसके लिए इतना किया, वही पूछता है कि तुमने ऐसा क्या किया ! भगवान् पर क्रोध करने से क्या फ़ायदा—यह सोचकर भगतजी ग़ुस्सा पी गये। दीनभाव से बोले—"मैं रोज़ आपका भजन करता रहा।"

भगवान् ने पूछा—"लेकिन लाउड-स्पीकर क्यों लगाते थे ?"

भगतजी सहज भाव से बोले—"उधर सभी लाउड-स्पीकर लगाते हैं। सिनेमावाले, मिठाईवाले, काजल बेचनेवाले—सभी उसका उपयोग करते हैं, तो मैंने भी कर लिया।"

भगवान् ने कहा—"वे तो अपनी चीज़ का विज्ञापन करते हैं। तुम क्या मेरा विज्ञापन करते थे ? मैं क्या कोई बेकाऊ माल हूँ।"

भगतजी सन्न रह गये। सोचा, भगवान् होकर कैसी बातें करते हैं।

भगवान् ने पूछा—"मुझे तुम अन्तर्यामी मानते हो न ?"

भगतजी बोले—"जी हाँ !"

भगवान् ने कहा—"फिर अन्तर्यामी को सुनाने के लिए लाउड-स्पीकर क्यों लगाते थे ? मैं क्या बहरा हूँ ? यहाँ सब देवता मेरी हँसी उड़ाते हैं। मेरी पत्नी तक मज़ाक़ करती हैं कि यह भगत तुम्हें बहरा समझता है।"

भगजी जवाब नहीं दे सके।

भगवान् को और ग़ुस्सा आया। वे कहने लगे—"तुमने कई साल तक सारे मुहल्ले के लोगों को तंग किया। तुम्हारे कोलाहल के मारे वे न काम कर सकते थे, न चैन से बैठ सकते थे और न सो सकते थे। उनमें से आधे तो मुझसे घृणा करने लगे हैं। सोचते हैं, अगर भगवान् न होता तो यह भगत इतना हल्ला न मचाता। तुमने मुझे कितना बदनाम किया है !"

भगत ने साहस बटोरकर कहा—"भगवन्, आपका नाम लोगों के कानों में जाता था, यह तो उनके लिए अच्छा ही था। उन्हें अनायास पुण्य मिल जाता था।"

भगवान् को भगत की मूर्खता पर तरस आया। बोले—"पता नहीं यह परम्परा कैसे चली कि भक्त का मूर्ख होना ज़रूरी है। और क़िसने तुमसे कहा कि मैं चापलूसी पसन्द करता हूँ ? तुम क्या यह समझते हो कि तुम मेरी स्तुति करोगे तो मैं किसी बेवकूफ़ अफसर की तरह खुश हो जाऊँगा ? मैं इतना बेवकूफ़ नहीं हूँ भगतजी कि तुम जैसे मूर्ख मुझे चला लें। मैं चापलूसी से खुश नहीं होता, कर्म देखता हूँ।"

भगतजी ने कहा—"भगवन्, मैंने कभी कोई कुकर्म नहीं किया।"

भगवान् हँसे। कहने लगे—"भगत, तुमने आदमियों की हत्या की है। उधर की अदालत से बच गये, पर यहाँ नहीं बच सकते।"

भगतजी का धीरज अब छूट गया। वे अपने भगवान् की नीयत के बारे में शंकालु हो उठे। सोचने लगे, यह भगवान् होकर झूठ बोलता है। ज़रा तैश में कहा—"आपको झूठ बोलना शोभा नहीं देता। मैंने किसी आदमी की जान नहीं ली। अभी तक मैं सहता गया, पर इस झूठे आरोप को मैं सहन नहीं कर सकता। आप सिद्ध करिए कि मैंने हत्या की।"

भगवान् ने कहा—"मैं फिर कहता हूँ कि तुम हत्यारे हो। अभी प्रमाण देता हूँ।"

भगवान् ने एक अधेड़ उम्र के आदमी को बुलाया। भगत से पूछा—"इसे पहचानते हो ?"

"हाँ, यह मेरे मुहल्ले का रमानाथ मास्टर है। पिछले साल बीमारी से मरा था।" भगत ने विश्वास से कहा।

भगवान् बोले—"बीमारी से नहीं, तुम्हारे भजन से मरा है। तुम्हारे लाउड़-स्पीकर से मरा है। रमानाथ, तुम्हारी मृत्यु क्यों हुई ?"

रमानाथ ने कहा—"प्रभु, मैं बीमार था। डॉक्टर ने कहा कि तुम्हें पूरी तरह नींद और आराम मिलना चाहिए। पर भगतजी के लाउड-स्पीकर पर अखण्ड कीर्तन के मारे न मैं सो सका, न आराम कर सका। दूसरे दिन मेरी हालत बिगड़ गयी और चौथे दिन मैं मर गया।"

भगत सुनकर घबरा उठे।

तभी एक बीस-इक्कीस साल का लड़का बुलाया गया। उससे पूछा—"सुरेन्द्र, तुम कैसे मरे ?"

"मैंने आत्महत्या कर ली थी।" उसने जवाब दिया।

"आत्महत्या क्यों कर ली थी ?" भगवान् ने पूछा।

सुरेन्द्रनाथ ने कहा—"मैं परीक्षा में फ़ेल हो गया था।"

"परीक्षा में फ़ेल क्यों हो गये थे ?"

"भगतजी के लाउड-स्पीकर के कारण मैं पढ़ नहीं सका। मेरा घर मन्दिर के पास ही है न !"

भगतजी को याद आया कि इस लड़के ने उनसे प्रार्थना की थी कि कम से कम परीक्षा के दिनों में लाउड-स्पीकर मत लगाइए।

भगवान् ने कठोरता से कहा—"तुम्हारे पापों को देखते हुए, मैं तुम्हें नरक में डाल देने का आदेश देता हूँ।"

भगतजी ने भागने की कोशिश की, पर नरक के डरावने दूतों ने उन्हें पकड़ लिया।

अपने भगतजी, जिन्हें हम धर्मात्मा समझते थे, नरक भोग रहे हैं।

टार्च बेचने वाले

वह पहले चौराहों पर बिजली के टार्च बेचा करता था। बीच में कुछ दिन वह नहीं दिखा। कल फिर दिखा। मगर इस बार उसने दाढ़ी बढ़ा ली थी और लम्बा कुरता पहन रखा था।

मैंने पूछा—"कहाँ रहे ? और यह दाढ़ी क्यों बढ़ा रखी है ?"

उसने जवाब दिया—"बाहर गया था।"

दाढ़ी वाले सवाल का उसने जवाब यह दिया कि दाढ़ी पर हाथ फेरने लगा।

मैंने कहा—"आज तुम टार्च नहीं बेच रहे हो ?"

उसने कहा—"वह काम बन्द कर दिया। अब तो आत्मा के भीतर टार्च जल उठा है। ये 'सूरजछाप' टार्च अब व्यर्थ मालूम होते हैं।"

मैंने कहा—"तुम शायद संन्यास ले रहे हो। जिसकी आत्मा में प्रकाश फैल जाता है, वह इसी तरह हरामखोरी पर उतर आता है। किससे दीक्षा ले आये ?"

मेरी बात से उसे पीड़ा हुई। उसने कहा—"ऐसे कठोर वचन मत बोलिए। आत्मा सबकी एक है। मेरी आत्मा को चोट पहुँचाकर आप अपनी ही आत्मा को घायल कर रहे हैं।"

मैंने कहा—"यह सब तो ठीक है। मगर यह बताओ कि तुम एकाएक ऐसे कैसे हो गये ? क्या बीवी ने तुम्हें त्याग दिया ? क्या उधार मिलना बन्द हो गया ? क्या साहूकारों ने ज़्यादा तंग करना शुरू कर दिया ? क्या चोरी के मामले में फँस गये हो ? आखिर बाहर का टार्च भीतर आत्मा में कैसे घुस गया।"

उसने कहा—"आपके सब अन्दाज़ ग़लत हैं। ऐसा कुछ नहीं हुआ। एक घटना हो गयी है, जिसने जीवन बदल दिया है। उसे मैं गुप्त रखना चाहता हूँ, इसलिए आपको सारा क़िस्सा सुना देता हूँ।"

उसने बयान शुरू किया—

"पाँच साल पहले की बात है। मैं अपने एक दोस्त के साथ हताश एक जगह बैठा था। हमारे सामने आसमान को छूता हुआ एक सवाल खड़ा था। वह सवाल था—'पैसा कैसे पैदा करें ?' हम दोनों ने उस सवाल की एक-एक टाँग पकड़ी और उसे हटाने की कोशिश करने लगे। हमें पसीना आ गया, पर सवाल हिला भी नहीं। दोस्त ने कहा—'यार, इस सवाल के पाँव ज़मीन में गहरे गड़े हैं। यह उखड़ेगा नहीं। इसे टाल जायें।'

हमने दूसरी तरफ़ मुँह कर लिया। पर वह सवाल फिर हमारे सामने आकर खड़ा हो गया। तब मैंने कहा—'यार, यह सवाल टलेगा नहीं। चलो, इसे हल ही कर दें। पैसा पैदा करने के लिए कुछ काम-धन्धा करें। हम इसी वक़्त अलग-अलग दिशाओं में अपनी-अपनी क़िस्मत आज़माने निकल पड़ें। पाँच साल बाद ठीक इसी तारीख़ को इसी वक़्त हम यहाँ मिलें।'

दोस्त ने कहा—'यार, साथ ही क्यों न चलें ?'

मैंने कहा—'नहीं। क़िस्मत आज़मानेवालों की जितनी पुरानी कथाएँ मैंने पढ़ी हैं, सबमें वे अलग-अलग दिशा में जाते हैं। साथ जाने में क़िस्मतों के टकराकर टूटने का डर रहता है।'

तो साहब, हम अलग-अलग चल पड़े। मैंने टार्च बेचने का धन्धा शुरू कर दिया। चौराहे पर या मैदान में लोगों को इकट्ठा कर लेता और बहुत नाटकीय ढंग से कहता—'आजकल सब जगह अँधेरा छाया रहता है। रातें बेहद काली होती हैं। अपना ही हाथ नहीं सूझता। आदमी को रास्ता नहीं दिखता। वह भटक जाता है। उसके पाँव काँटों से बिंध जाते हैं, वह गिरता है और उसके घुटने लहूलुहान हो जाते हैं। उसके आस-पास भयानक अँधेरा है। शेर और चीते चारों तरफ़ घूम रहे हैं, साँप ज़मीन पर रेंग रहे हैं। अँधेरा सबको निगल रहा है। अँधेरा घर में भी है। आदमी रात को पेशाब करने उठता है और साँप पर उसका पाँव पड़ जाता है। साँप उसे डस लेता है और वह मर जाता है।'

आपने तो देखा ही है, साहब, कि लोग मेरी बातें सुनकर कैसे डर जाते थे। भरी दोपहरी में वे अँधेरे के डर से काँपने लगते थे। आदमी को डराना कितना आसान है !

लोग डर जाते, तब मैं कहता—'भाइयो, यह सही है कि अँधेरा है। मगर प्रकाश भी है। वही प्रकाश मैं आपको देने आया हूँ। हमारी 'सूरज छाप' टार्च में वह प्रकाश है, जो अन्धकार को दूर भगा देता है। इसी वक़्त 'सूरज छाप' टार्च ख़रीदो और अँधेरे को दूर करो। जिन भाइयों को चाहिए, ऊँचा हाथ करें।'

साहब, मेरे टार्च बिक जाते और मैं मज़े में ज़िन्दगी गुज़ारने लगा।

वायदे के मुताबिक़ ठीक पाँच साल बाद मैं उस जगह पहुँचा, जहाँ मुझे दोस्त से मिलना था। वहाँ दिन-भर मैंने उसकी राह देखी, वह नहीं आया। क्या हुआ ? क्या वह भूल गया ? या अब वह इस असार संसार में ही नहीं है ?

मैं उसे ढूँढ़ने निकल पड़ा।

एक शाम जब मैं एक शहर की सड़क पर चला जा रहा था, मैंने देखा कि पास के मैदान में खूब रोशनी है और एक तरफ़ मंच सजा है। लाउड-स्पीकर लगे हैं। मैदान में हज़ारों नर-नारी श्रद्धा से झुके बैठे हैं। मंच पर सुन्दर रेशमी वस्त्रों से सजे एक भव्य पुरुष बैठे हैं। वे खूब पुष्ट हैं, सँवारी हुई लम्बी दाढ़ी है और पीठ पर लहराते लम्बे केश हैं।

मैं भीड़ के एक कोने पर जाकर बैठ गया।

भव्य पुरुष फ़िल्मों के सन्त लग रहे थे। उन्होंने गुरु-गम्भीर वाणी में प्रवचन शुरू किया। वे इस तरह बोल रहे थे जैसे आकाश के किसी कोने से कोई रहस्यमय सन्देश उनके कान में सुनाई पड़ रहा है, जिसे वे भाषा दे रहे हैं।

वे कह रहे थे—'मैं आज मनुष्य को एक घने अन्धकार में देख रहा हूँ। उसके भीतर कुछ बुझ गया है। यह युग ही अन्धकारमय है। यह सर्वग्राही अन्धकार सम्पूर्ण विश्व को अपने उदर में छिपाये है। आज आत्मा में भी अन्धकार है। अन्तर की आँखें ज्योतिहीन हो गयी हैं। वे उसे भेद नहीं पातीं। मानव-आत्मा अन्धकार में घुटती है। मैं देख रहा हूँ, मनुष्य की आत्मा

भय और पीड़ा से त्रस्त है।'

इसी तरह वे बोलते गये और लोग स्तब्ध सुनते गये।

मुझे हँसी छूट रही थी। एक-दो बार दबाते-दबाते भी हँसी फूट गयी और पास के श्रोताओं ने मुझे डाँटा।

भव्य पुरुष प्रवचन के अन्त पर पहुँचते हुए कहने लगे—'भाइयो और बहनो, डरो मत। जहाँ अन्धकार है, वहीं प्रकाश है। अन्धकार में प्रकाश की किरण है, जैसे प्रकाश में अन्धकार की किंचित् कालिमा है। प्रकाश भी है। प्रकाश बाहर नहीं है, उसे अन्तर में खोजो। अन्तर में बुझी उस ज्योति को जगाओ। मैं तुम सबका उस ज्योति को जगाने के लिए आवाहन करता हूँ। मैं तुम्हारे भीतर उसी शाश्वत ज्योति को जगाना चाहता हूँ। हमारे 'साधना मन्दिर' में आकर उस ज्योति को अपने भीतर जगाओ।'

साहब, अब तो मैं खिलखिलाकर हँस पड़ा। पास के लोगों ने मुझे धक्का देकर भगा दिया। मैं मंच के पास जाकर खड़ा हो गया।

भव्य पुरुष मंच से उतरकर कार पर चढ़ रहे थे। मैंने उन्हें ध्यान से पास से देखा। उनकी दाढ़ी बढ़ी हुई थी, इसीलिए मैं थोड़ा झिझका। पर मेरी तो दाढ़ी नहीं थी। मैं तो उसी मौलिक रूप में था। उन्होंने मुझे पहचान लिया। बोले—'अरे तुम !' मैं पहचानकर बोलने ही वाला था कि उन्होंने मुझे हाथ पकड़कर कार में बिठा लिया। मैं फिर कुछ बोलने लगा तो उन्होंने कहा—'बँगले तक कोई बातचीत नहीं होगी। वहीं ज्ञान-चर्चा होगी।'

मुझे याद आ गया कि वहाँ ड्राइवर है।

बँगले पर पहुँचकर मैंने उसका ठाठ देखा। उस वैभव को देखकर मैं थोड़ा झिझका, पर तुरन्त ही मैंने अपने उस दोस्त से खुलकर बातें शुरू कर दीं।

मैंने कहा—'यार तू तो बिलकुल बदल गया।'

उसने गम्भीरता से कहा—'परिवर्तन जीवन का अनन्त क्रम है।'

मैंने कहा—'साले, फ़िलासफ़ी मत बघार। यह बता कि तूने इतनी दौलत कैसे कमा ली पाँच सालों में ?'

उसने पूछा—'तुम इन सालों में क्या करते रहे ?'

मैंने कहा—'मैं तो घूम-घूम कर टार्च बेचता रहा। सच बता, क्या तू

भी टार्च का व्यापारी है ?'

उसने कहा—'तुझे क्या ऐसा ही लगता है ? क्यों लगता है ?' मैंने उसे बताया कि जो बातें मैं कहता हूँ, वही तू कह रहा था।

मैं सीधे ढंग से कहता हूँ; तू उन्हीं बातों को रहस्यमय ढंग से कहता है। मैं अँधेरे का डर दिखाकर लोगों को टार्च बेचता हूँ। तू भी अभी लोगों को अँधेरे का डर दिखा रहा था, तू भी ज़रूर टार्च बेचता है।

उसने कहा—'तुम मुझे नहीं जानते। मैं टार्च क्यों बेचूँगा ! मैं साधु, दार्शनिक और सन्त कहलाता हूँ।'

मैंने कहा—'तुम कुछ भी कहलाओ, बेचते तुम टार्च हो। तुम्हारे और मेरे प्रवचन एक जैसे हैं। चाहे कोई दार्शनिक बने, सन्त बने या साधु बने, अगर वह लोगों को अँधेरे का डर दिखाता है, तो ज़रूर अपनी कम्पनी का टार्च बेचना चाहता है। तुम-जैसे लोगों के लिए हमेशा ही अन्धकार छाया रहता है। बताओ, तुम्हारे जैसे किसी आदमी ने हज़ारों में कभी भी यह कहा है कि आज दुनिया में प्रकाश फैला है ? कभी नहीं कहा। क्यों ? इसलिए कि उन्हें अपनी कम्पनी का टार्च बेचना है। मैं खुद भरी दोपहरी में लोगों से कहता हूँ कि अन्धकार छाया है। बता किस कम्पनी का टार्च बेचता है ?'

मेरी बातों ने उसे ठिकाने पर ला दिया था। उसने सहज ढंग से कहा—'तेरी बात ठीक ही है। मेरी कम्पनी नयी नहीं है, सनातन है।'

मैंने पूछा—'कहाँ है तेरी दुकान ? नमूने के लिए एकाध टार्च तो दिखा। 'सूरज छाप' टार्च से बहुत ज़्यादा बिक्री है उसकी ?'

उसने कहा—'उस टार्च की कोई दुकान बाज़ार में नहीं है। वह बहुत सूक्ष्म है। मगर क़ीमत उसकी बहुत मिल जाती है। तू एक-दो दिन रह, तो मैं तुझे सब समझा देता हूँ।'

तो साहब मैं दो दिन उसके पास रहा। तीसरे दिन 'सूरज छाप' टार्च की पेटी को नदी में फेंककर नया काम शुरू कर दिया।" वह अपनी दाढ़ी पर हाथ फेरने लगा। बोला—"बस, एक महीने की देर और है।"

मैंने पूछा—"तो अब कौन-सा धन्धा करोगे ?"

उसने कहा—"धन्धा वही करूँगा—यानी टार्च बेचूँगा। बस कम्पनी बदल रहा हूँ।"

मन्नू भैया की बारात

चाचा जेब काटने का अभ्यास कर रहे थे।

वे हम लोगों को पुराने कपड़े पहनाकर जेब में पैसे रख देते और सफ़ाई से जेब काटने की कोशिश करते। थोड़े ही दिनों में वे इतने कुशल हो गये कि दिन में दो-तीन बार हमारी जेब काट लेते और हमें पता नहीं चलता।

मुझे बड़ा अटपटा लगता। अपने ही चाचा जेब काटें, तो परेशानी होती है। फिर मैं हैरान था कि ये ऐसा क्यों कर रहे हैं।

एक दिन मैंने चाची से पूछा—"चाची, चाचाजी जेब काटना क्यों सीख रहे हैं ? क्या वे नौकरी से निकाले जानेवाले हैं ?"

चाची ने कहा—"नहीं रे, वे तो बारात की तैयारी कर रहे हैं। अगले महीने मन्नू की शादी है न। फिर चुन्नू की होगी और उसके बाद घुन्नू की। विद्या है, अभी सीख लेंगे, तो आगे भी काम आयेगी।"

फिर भी मेरी समझ में बात नहीं आयी। मैंने कहा—"मगर चाची, शादी के लिए जेब काटना सीखने की क्या ज़रूरत है ?"

चाची हँसी। कहने लगी—"तू नादान है। कभी बारात में नहीं गया न! अब मन्नू की बारात में जायेगा, तो सब समझ जायेगा।"

शादी की तैयारी बड़े ज़ोर से हो रही थी।

बारात रवाना होने को जब तीन-चार दिन बचे, तब एक दिन चाचा और मामा सलाह कर रहे थे कि बारात में कौन-कौन चलेंगे।

चाचा ने कहा—"कुछ लोगों को ले जाना तो ज़रूरी होता है, जैसे हमें तीन-चार अच्छे पेशेवर जेबकट चाहिए। तुम स्टेशन जाकर तीन-चार जेबकटों को तय कर लेना।"

मामा ने कहा—"जब आपने खुद जेब काटना अच्छी तरह सीख लिया

है, तब और जेबकट क्यों ले चलते हो ? भगवान् का दिया घर में सब कुछ तो है।''

चाचा ने कहा—''भाई, मैं हूँ नया आदमी। सारा काम मुझसे सँभलेगा नहीं। इसलिए तीन-चार जेबकट अपने साथ होने ही चाहिए। पीछे जगहँसाई हो, इससे क्या फ़ायदा।''

मामा ने काग़ज़ पर नोट कर लिया। फिर पूछा—''हाँ, और ?''

चाचा ने कहा—''और दो चोर और दो डाकू भी चाहिए। मैंने अपने दोस्त दारोग़ा श्यामसिंह से कह दिया है। वे प्रबन्ध कर देंगे।''

मामा ने लिख लिया। बोले—''हमें एक-दो पागल भी तो ले जाने होंगे।''

चाचा ने कहा—''एक-दो नहीं, कम से कम पाँच। पर बड़ी कोशिश करने पर दो पागल मिल सके हैं। कम से कम तीन और चाहिए।''

दोनों थोड़ी देर चुप बैठे रहे। फिर एकाएक मामा का चेहरा चमक उठा। उन्हें कोई बात सूझ गयी थी। वे चुटकी बजाकर बोले—''समस्या सुलझ गयी ! ऐसा करें, तीन समाजवादी ले चलें। ये लोग भी अच्छे करिश्मे दिखाते हैं। दो वे और तीन ये, कुल पाँच हो जायेंगे।''

चाचा को सुझाव पसन्द आ गया। उन्होंने कहा—''ठीक है। तुम आज ही उनके पार्टी-दफ्तर जाकर तीन आदमी पक्के कर लो। इस तरह तेरह-चौदह तो ये काम के आदमी हो गये। अब पन्द्रह-बीस निकम्मे आदमी ले ही जाना होगा जो शरीफ़ कहलाते हैं। तुम अपनी बहन के साथ बैठकर इनकी लिस्ट बना लो।''

बारात तैयार होकर स्टेशन पहुँच गयी। हमें देखते ही मुसाफ़िरों में खलबली मच गयी। वे डर के मारे यहाँ-वहाँ भागने लगे। लोगों ने अपने सामान और बच्चों को सँभाला। पुलिस ने स्त्रियों को अपने संरक्षण में ले लिया।

टिकट घर की खिड़की के पास एक सूचना चिपकी थी—

''मुसाफ़िरों को चेतावनी दी जाती है कि इस गाड़ी से बारात जा रही है। वे स्त्री-बच्चों को लेकर सफ़र न करें। अपने सामान को सँभाल कर रखें। किसी के जान-माल की ज़िम्मेदारी रेलवे पर न होगी।''

नोटिस को पढ़-पढ़कर बहुत-से मुसाफ़िर घर लौटने लगे।

हम लोग रेल के डब्बे में जाकर बैठ गये। हमारे डब्बे के पास कोई आदमी नहीं था। खोमचेवाले भी दूर से ही लौट जाते थे। हमें यह अच्छा नहीं लग रहा था। हमारे साथ के एक पागल ने कहा —"यह तो हमारा अपमान है। जब हमने टिकिट लिया है, तो हमारे पास खोमचेवालों को आना चाहिए।"

ऐसा कहकर वे डब्बे से कूद पड़े और दो-तीन खोमचों को उलटा आये। इसके बाद दोनों डाकू पहुँचे और खाने का सामान छीनकर ले आये। हम सब बहुत खुश हुए। चाचा ने मामा से कहा —"बारातियों का चुनाव अच्छा हुआ मालूम होता है।"

मामा ने कहा—"हाँ, लक्षण तो अच्छे हैं। बाक़ी वहीं देखेंगे।"

हमारे डब्बे के पास से दो आदमी निकले। उन लोगों ने नोटिस नहीं पढ़ा होगा। उन्हें देखते ही हमारे पागल झपटे और उन्हें काट लिया।

रेलवे-कर्मचारियों में हलचल मच गयी थी। वे हमारे कारण चिन्तित थे। बार-बार डब्बे के पास आकर हमें देखते और लौट जाते। आखिर एक कर्मचारी हाथ में एक तख्ती लेकर आया और उसने उसे हमारे डब्बे पर लगा दिया।

उसपर बड़े अक्षरों में लिखा था—"कुत्तों से सावधान !"

हमारी गाड़ी रवाना हुई। स्टेशन पर स्टेशन आते थे। ज्यों ही गाड़ी खड़ी होती, हम लोग खूब ज़ोर से चिल्लाते जिसे सुनकर मुसाफ़िर भाग पड़ते और कुत्ते भूँकने लगते।

एक पागल ने ज़ंजीर खींचकर बीच में ही गाड़ी रोक ली। गार्ड तुरन्त हमारे डब्बे में आया और पूछने लगा—"किसने ज़ंजीर खींची ?"

पागल ने कहा—"हमने।"

गार्ड ने पूछा—"क्यों ? क्या बात है ?"

हम लोगों ने एक साथ कहा—"हम लोग गाड़ी को सिर पर उठाकर ले जायेंगे।"

गार्ड ने कहा—"अच्छी बात है, उठा ले जाइए।"

हम लोगों ने बहुत ज़ोर लगाया, पर गाड़ी उठाकर नहीं ले जा सके।

आखिर गार्ड ने ड्राइवर को गाड़ी बढ़ाने का इशारा किया।

चाचा उदास हो गये। कहने लगे—"अब बारातें कमज़ोर होने लगीं। पहले की बात और थी। बड़े भैया की शादी में हम लोगों ने गाड़ी को सिर पर उठा लिया था।"

हम लोग लज्जित हो गये।

कई घण्टों के सफ़र के बाद हम लड़कीवाले के शहर पहुँच गये। वहाँ हमें एक सजे हुए जनवासे में ठहरा दिया गया। हम लोगों ने मुँह-हाथ धोकर अच्छे कपड़े पहने।

थोड़ी देर बाद बाजे-गाजे के साथ बारात वधू के घर पहुँची।

वहाँ बाराती और घराती गले मिलने लगे।

लड़की का बाप चाचा से गले मिला। दोनों परस्पर लिपट गये।

चाचा ने मौक़ा देखकर सफ़ाई से लड़की के बाप का जेब काट लिया। बाक़ी पेशेवर जेबकटों ने यह इशारा पाकर वधू-पक्ष के कई लोगों के जेब काट लिये।

जनवासे में लौटे, तो चाचा बहुत खुश थे। कहने लगे—"श्रीगणेश अच्छा हुआ। मन्नू की लग्न शुभ है।"

उन्होंने उन जेबकटों को बधाई दी। वे शरमा गये। कहने लगे—"तारीफ़ तो हमें आपकी करनी चाहिए। हम पचीसों बारातों में गये हैं, पर जिस सफ़ाई से आपने लड़की के बाप की जेब काटी, वह हमने पहले किसी वर के बाप में नहीं देखी।"

चाचा ने मुसकराकर कहा—"अच्छा...अच्छा, अब दूसरे लोग अपना काम करें।"

दूसरे लोग भी अपना-अपना कार्य पूरा करने के लिए कटिबद्ध हो गये।

लड़कीवाले नाश्ता लेकर जब आये तो पागलों ने तश्तरियों को सूँघकर फेंक दिया और कहा—"इसे कुत्तों को खिला दो। सड़े घी की कितनी बदबू आ रही है!"

हमने पागलों का अनुसरण किया और अपनी-अपनी तश्तरियाँ फेंक दीं।

थोड़ी देर बाद दूसरा नाश्ता आया और हमने उसे भी फेंक दिया।

तीसरी बार जो नाश्ता आया, उसे पागल खाने लगे। हमने भी वैसा ही किया।

नाश्ता करने के बाद पागल गिलास और बल्ब फोड़ने लगे। इस काम से निपटकर उन्होंने कुछ कुरसियाँ तोड़ीं।

बीच-बीच में एक पागल लड़की के घर के सामने खड़ा होकर चिल्लाता—"हम बारात वापस ले जायेंगे !" यह सुनकर लड़की का बाप भागता आता और चाचा के पैरों पर सिर रख देता।

उधर समाजवादी भी काम में लग गये थे। वे ब्लेड से गद्दे फाड़ रहे थे। मैंने कहा—"अच्छा, आप लोग गद्दे फाड़ रहे हैं !"

वे बोले—"गद्दे नहीं फाड़ रहे हैं, आन्दोलन कर रहे हैं।"

मैंने कहा—"ऐसा कैसा आन्दोलन ?"

वे समझाने लगे—"देखो, ये गद्दे वह किसी सेठ से माँगकर लाया होगा। हम सेठ के गद्दे फाड़कर पूँजीवाद का नाश कर रहे हैं।"

मैंने कहा—"सो तो ठीक है, पर वह सेठ लड़की के बाप से तो लड़ेगा !"

उन्होंने कहा—"हाँ, तभी तो वर्ग-संघर्ष की भूमिका तैयार होगी !"

मैं उनके तर्क से निरुत्तर हो गया। वे गद्दे काटने लगे।

रात आधी हो गयी थी। चाचा ने चोरों को बुलाकर कहा—"अब तुम लोगों के काम करने का वक़्त आ गया। लड़कीवाले के घर में घुसकर जो भी मालमता हो, चुरा लाओ।"

चोर चोरी करने चले गये। चौथे पहर वे बहुत-सा सामान चुराकर ले आये। चाचा ने देखा और कहा—"काम तो ठीक हुआ है, पर सोना और रुपये कम आये। खैर, जाओ, सो जाओ।"

सुबह चाचा ने डाकुओं से कहा—"रात को चोर सोना और नक़दी कम लेकर आये। डर गये होंगे। चोर ज़रा डरपोक होते ही हैं। अब तुम जाकर सोना और नक़दी लूट लाओ।"

डाकू मूँछों पर ताव देते हुए चले गये। घण्टे-भर बाद ही वे काफ़ी सोना और नक़दी लूटकर ले आये। चाचा ने उनकी पीठ ठोंकी। दोपहर को ख़बर आयी कि वधू का बाप बेहोश हो गया।

चाचा प्रसन्न हुए। कहने लगे—"इसका मतलब है कि बारात कमज़ोर नहीं है। लड़की का बाप भी भाग्यवान् है। वह विदेह हो गया।"

मैंने कहा—"चाचा, विदेह तो जनक को कहते थे।"

चाचा ने कहा—"हाँ, लेकिन विदेह नाम कब पड़ा ? जब उनके घर राम की बारात पहुँची, तो वे घबराकर बेहोश हो गये; सुध-बुध खो बैठे। लोगों ने कहा कि जनक तो 'विदेह' हो गये। तभी से उनका 'विदेह' नाम भी चल पड़ा। मन्नू का ससुर भी विदेह हो गया है। अपना मन्नू बड़ा भाग्यवान् है।"

उस शाम को स्त्रियों को छेड़ने का कार्यक्रम बना। चाचा ने मुझसे कहा—"तुम भी जाओ। छेड़ो, तंग करो।"

मैंने कहा—"मुझे यह अच्छा नहीं लगता।"

चाचा ने कहा—"इसमें अच्छा-बुरा लगने की बात नहीं है। यह तो एक कर्तव्य है। देश के हित में यह ज़रूरी है।"

मैंने कहा—"स्त्रियों को छेड़ने से देश का क्या हिता होगा ?"

चाचा ने समझाया—"देखो—लड़कीवालों के यहाँ बहुत-सी स्त्रियाँ अच्छे कपड़े पहनकर आयी हैं। उन्हें अगर बाराती न छेड़ेंगे, तो हज़ारों गज अच्छा कपड़ा व्यर्थ सिद्ध होगा। तब अच्छे कपड़े की बिक्री नहीं होगी। इससे वस्त्र-उद्योग पर संकट आ जायेगा। तुम जानते ही हो कि चीनी हमले के कारण देश इस समय नाज़ुक दौर से गुज़र रहा है। ऐसे में अगर किसी उद्योग पर संकट आ जाये, तो देश कमज़ोर होगा। इसलिए राष्ट्र-हित को देखते हुए स्त्रियों को छेड़ना ज़रूरी है।"

चाचा के तर्क से मैं बहुत प्रभावित हुआ और छेड़छाड़ में सम्मिलित हो गया। तीन दिन हमने वहाँ बड़े मज़े में गुज़ारे। चौथे दिन बारात विदा हुई।

हम स्टेशन आये। गाड़ी में बैठने के बाद हमें ख़बर मिली की वधू के पिता की मृत्यु हो गयी।

चाचा बहुत प्रसन्न हुए। उन्होंने हाथ जोड़े और आकाश की तरफ़ देखते हुए कहा—"सब भगवान् की कृपा है। मेरे घर में यह पहली शादी है। ईश्वर की कृपा से यह इस हद तक सफल रही। मन्नू के ग्रह अच्छे पड़े हैं। भगवान् चाहेगा, तो चुन्नू और घुन्नू की शादी और अच्छी होगी।"

एक ज़ोरदार लड़के की कहानी

रचना-प्रक्रिया—पिछले दो महीने से मैं प्रेमकथा लिखने की कोशिश कर रहा हूँ और अब कहीं लिख पा रहा हूँ। मेरी सबसे बड़ी कठिनाई थी कि मुझे नायक-नायिका के नाम नहीं सूझ रहे थे। प्रेमकथा में नायिका का नाम सबसे महत्त्वपूर्ण है। कहानी तो फिर मिनटों में बन जाती है। नायिका के नाम से कहानी का 'पैटर्न' तय हो जाता है और कहानी खुद अपने को लिख लेती है। मेरा एक प्रेमकथा-लेखक मित्र तो जादू करता है। वह शाम को कोरे काग़ज़ पर लड़की का नाम लिख देता है और सवेरे देखता है कि कहानी लिख गयी है। एक शाम उसने मेरे सामने काग़ज़ पर 'सावित्री' लिखकर रख दिया। सवेरे उठकर मैंने देखा कि कहानी लिख गयी है और सावित्री आत्महत्या कर चुकी। बात यह है कि कौन स्त्री कैसा प्रेम करेगी, यह तो साहित्य में पहले से तय है। कौशल्या का प्रेम एक प्रकार का होगा, सुनीता का दूसरे प्रकार का और अरुन्धती का तीसरे प्रकार का। किशू, बिशू, उषी और पुशी बिलकुल नये क़िस्म का प्रेम करेंगी। कौशल्या बाप के दबाव में ज़रूर दूसरे से शादी कर लेगी, रागिनी ज़रूर तपेदिक से मरेगी और रंगना एक-दो प्रेमियों को 'जिल्ट' करेगी, यानी धता बतायेगी। सब नाम की माया है। तभी तो कहानीकार एक साल में नाम खोजता है और एक घण्टे में उसकी कहानी लिखता है।

नाम की खोज में मैं बहुत भटका। एक दिन आयुर्वेदिक दवाओं की एक दुकान के पास से गुज़र रहा था कि मेरी नज़र विज्ञापन बोर्ड पर पड़ी। मैं ठिठक गया। लिखा था—"ग्रीष्म ऋतु में शीतलता के लिए पीजिए—सीरप शंखपुष्पी !" अहा, शंखपुष्पी। यह नाम किसी लेखक को नहीं सूझा और मैं

इसे न खोजत्ता, तो 'शंखपुष्पी' की कहानी 21वीं शताब्दी में हिन्दी-साहित्य का कोश भरती। मैंने वहीं तय किया कि नायिका का नाम 'शंखपुष्पी' होगा जो प्यार में 'पुष्पी' कही जायेगी; प्यार और बढ़ने पर 'पु' कही जायेगी। नायक की समस्या भी वहीं हल हो गयी। बोर्ड पर लिखा था—'अशोकारिष्ट'। मैंने तय किया, नायक अशोकारिष्ट होगा, जिसे प्यार में 'अशोक' या 'अरिष्ट' कहा जायेगा, ग़ुस्से में 'अनिष्ट' और तिरस्कार में 'हिष्ट'।

इस तरह नामों की समस्या हल हो गयी। मैं हिन्दी का एकमात्र ऐसा लेखक हूँ जिसे एक ही मेडिकल स्टोर में नायक-नायिका, दोनों के नाम मिल गये।

इसके बाद तो घण्टे-भर में मैंने कहानी लिख दी।

किसी नगर में एक आदमी रहता था, जिसे क्वाँरा होने के कारण 'लड़का' कहते थे। उसका नाम अशोकारिष्ट था। उसी नगर में, दूसरे मुहल्ले में एक लड़की रहती थी, जिसका नाम शंखपुष्पी था।

(यह आदिम शैली है। इसे छोड़कर 'सिक्सटीज़' की शैली पर आ जाता है।)

अशोकारिष्ट रेस्तराँ के केबिन में बैठा था।

रेस्तराँ में दो प्रकार के प्रेम-केबिन बनाये गये थे—एक उनके लिए जो किसी से प्रेम करते हैं और दूसरा उनके लिए जो अपने आपसे प्यार करते हैं।

अशोकारिष्ट पहले दूसरे प्रकार के केबिन में बैठा करता था। आज से उसने पन्द्रह दिन के लिए पहले प्रकार का केबिन किराये पर ले लिया है।

कमरे में वातावरण बना दिया गया था। वातावरण के पैसे अलग से नहीं लगते थे। कोई भी लेखक इसे नोट कर सकता था।

अशोक ने सिगरेट जला रखी थी। वह सिगरेट की राख कॉफ़ी के कप में डालता जाता था। जब सिगरेट ख़त्म हो जाती, तब वह कॉफ़ी में राख घोलकर पी जाता। वह अभी तक दस सिगरेटों का धुआँ और उनकी राख पी चुका है।

शंखपुष्पी अभी नहीं आयी।

सोचता है अशोकारिष्ट। जीवन क्या है ? सिगरेट की राख है, जिसे हम कॉफ़ी में घोलकर पीते जाते हैं। वह घड़ी की तरफ़ देखता है। समय अर्थहीन है। वह दीवर को देखता है। दीवार उसे पसन्द नहीं। बाहर का शोर उसे कचोटता है। क्या है हमारा अस्तित्व ? महज़ एक अर्थहीन शोर।

उसने कॉफ़ी का ताज़ा प्याला मँगा लिया है और उसमें राख डालने लगा है। वह देखता है— "कॉफ़ी को देखता है; राख को देखता है।

"हलो, अरिष्ट !"

शंखपुष्पी आ गयी। वह देखता है। वह बैठ जाती है।

"पुष्पा !"

"हूँ !"

"पुष्पी !"

"..."

"पु...!"

"..."

इस तरह का वार्तालाप लगभग आधा घण्टा चलता है।

सिगरेट को कप में झाड़ते हुए और राख को कॉफ़ी में घुलते हुए देखता अशोकारिष्ट बोला— "मुझे समझने की कोशिश करो पु !"

शंखपुष्पी ने कहा—"तुम अपने आपको समझने की कोशिश करो, अशोक !"

अशोक डूब गया। गहरे से बोला—"मेरा जीवन एक 'क्रासवर्ड' पज़ल है पु, जिसमें कितने ही सन्दर्भहीन शब्द छिपे हैं—ऊपर से नीचे और नीचे से ऊपर ! मैं रिक्त स्थानों में अक्षर भरने की कोशिश करता हूँ, पर शब्द ठीक नहीं बनते। तुम वह सीलबन्द लिफ़ाफ़ा हो, जिसमें सही हल रखा है। पुष्पी, तुम वह लिफ़ाफ़ा खोलो और मेरा सही हल निकाल दो।"

पुष्पी थोड़ी देर खिड़की से बाहर देखती रही। फिर बोली—"मेरा जीवन एक गणित की पुस्तक है, जिसके अन्त के उत्तर के पन्ने तुमने फाड़कर रख लिये हैं। मैं प्रश्न हल करती हूँ, पर उत्तर नहीं मिला पाती। तुम मेरे उत्तर के पन्ने वापस कर दो, अरिष्ट !"

अशोकारिष्ट मौन ! शंखपुष्पी भी मौन !

आधा घण्टा और बीत गया।

अशोकारिष्ट बोला—"मेरी ज़िन्दगी क्या है ? एक इस्पात का कारख़ाना, जिसकी 'ब्लास्ट फ़र्नेस' नष्ट हो गयी है। तुम मेरी पंचवर्षीय योजना को क्यों 'सेबोटाज़' कर रही हो, मेरी पु ?"

शंखपुष्पी सुनती रही, सुनती रही और अपने में डूबती रही। उसने खिड़की से बाहर देखते हुए कहा—"पर मेरी ज़िन्दगी तो बोकारो का इस्पात कारख़ाना है, जिसके लिए मदद देने का वादा करके तुम अमेरिका की तरह मुकर रहे हो, रिष्ट !"

शाम होने लगी। धूप मुरझा गयी।

अशोकारिष्ट ने खिड़की से बाहर देखा। शंखपुष्पी ने भी खिड़की से बाहर देखा।

दोनों उठे।

! ! ! ? ? !

दोनों दो दिशाओं को मुड़े।

शंखपुष्पी ने कहा—"मेरी मोमबत्ती दोनों सिरों से जल रही है, अशोक !"

अशोकारिष्ट ने कहा—"मेरी मोमबत्ती तो हवा के कारण आग ही नहीं पकड़ रही।"

दोनों गुमसुम खड़े रहे।

शंखपुष्पी ने कहा—"जाना ही होगा। तुमसे दूर एक-एक क्षण एक युग के बराबर भारी हो जाता है।"

अशोकारिष्ट ने टोका—"यह तुम क्या कहती हो ? 'थर्टीज़' की प्रेमिका की तरह बात न करो, पुष्पी ! शरीर से दूर होकर भी मैं हमेशा तुम्हारे पास हूँ। अपने हृदय में झाँककर देखो। वहाँ मैं निरन्तर हूँ।"

शंखपुष्पी हँसी। कहने लगी—"तुम भी 'ट्वेण्टीज़' के नायक जैसी बात कर रहे हो।"

अशोकारिष्ट ने कहा—"हाँ, पुष्पी, हम सभी पीछे जाते हैं, आदिम अवस्था की दिशा में। हमारे भीतर 'आदिम अग्नि' है न !"

दोनों विपरीत दिशा में चल पड़े।

एक दिन केबिन से उठते-उठते अशोकारिष्ट ने कहा—"पुष्पी, आज केबिन का किराया ख़त्म होता है। कल से हम यहाँ नहीं बैठ सकेंगे। मैं कल एक सप्ताह के लिए जा रहा हूँ।"

"कहाँ ?" शंखपुष्पी ने कहा।

"एक पहाड़ी डाक-बँगले में। दूर, इस शहर से दूर, इसके अर्थहीन कोलाहल से दूर, मुँह फैलाये बसें निगलती हुई इन सड़कों से दूर—सबसे, सबसे दूर !"

"वहाँ क्या करोगे ?"

"कुछ नहीं करूँगा। कर सकता ही नहीं। वहाँ एकान्त है, शून्य है। शून्य में निश्चेष्ट अपने को डाल दूँगा। पहाड़ी की सन्ध्या में खो जाना चाहता हूँ।"

"और मेरा क्या होगा, अशोक ?"

"कुछ नहीं होगा। किसी का कुछ नहीं होता।"

शंखपुष्पी की आँखों में आँसू आ गये।

अशोकारिष्ट रूमाल में मोती बटोरने लगा। बोला—"यह क्या, 'थर्टीज़' की लड़की जैसी रोती हो !"

पुष्पी हँसी—"तुम भी तो 'थर्टीज़' के प्रेमी जैसे आँसू पोंछ रहे हो।"

आदिम अग्नि !

और निर्जन गुहा ! !

अशोकारिष्ट पहाड़ी डाक-बँगले के बरामदे में बैठा है। शाम हो गयी है। आस-पास धुँधलका है। सर्वत्र उदासी, घुटन ! नीचे झोंपड़ियाँ हैं, जिनके छप्परों से धुआँ निकल रहा है।

अन्धकार, उदासी और धुआँ !

हर शाम अशोक देखता है, देखता है और अपने में डूब-डूब जाता है।

सोचता है अशोक—शाम और धुआँ ! मेरे भीतर शाम बस गयी है और धुआँ छा गया है।

इधर शंखपुष्पी सात दिन निढाल पड़ी रही।

रीत गयी शंखपुष्पी !

रीत गया अशोकारिष्ट ! !

अशोकारिष्ट लौट आया।

शंखपुष्पी ने कहा—"तुम मुझे छोड़कर कहाँ चले गये थे ? तुम आज न आते, तो मैं 'सेनेटोरियम' चली जाती।"

अशोक चौंका।

"क्यों ? सेनेटोरियम क्यों ?"

"मुझे तपेदिक़ के आसार नज़र आने लगे थे।"

अशोकारिष्ट हँसा। बोला—"नहीं, तुम्हें भ्रम है। तुम्हारे भीतर 'थर्टीज़' की नायिका फिर आ गयी है। सुनो पु, अब मैं कहीं नहीं जाऊँगा। तुमसे मुझे अब कोई दूर नहीं कर सकता। मैं तुम्हें पाकर रहूँगा। तुम्हें मुझसे कोई नहीं छीन सकता—न समाज, न धर्म, न परिवार। समाज चाहे कितने भी प्रहार करे, तुम्हारे पिता चाहे जो बाधाएँ डालें, मैं तुम्हें प्राप्त करूँगा। मैं किसी से नहीं डरता। मैं सारे संसार को चुनौती देता हूँ।"

शंखपुष्पी हँसी। बोली—"अशोक, तुम 'फ़र्टीज़' के नायक की तरह क्यों वीर-वाक्य बोल रहे हो ? वीरता दिखाने का इस मामले में कोई अवसर ही नहीं है। मेरे पिता जी राज़ी हैं।"

अशोकारिष्ट चौंक उठा। बोला—"राज़ी हैं ? किसके लिए ?"

"हमारे विवाह के लिए। मैंने पूछ लिया है।"

अशोकारिष्ट को लगा कि उसके पाँव फूल उठे हैं।

"कब, कब कहा ?" उसने भर्राये गले से पूछा।

पुष्पी ने कहा—"कल। पर वे तो शुरू से ही यह चाहते थे कि हमारी शादी हो जाये।"

"शुरू से ? फिर तुमने मुझे बताया क्यों नहीं ?"

"क्या बताती ? तुम्हारा मन तो जानती थी न !"

"पर मुझे पहले से सचेत तो करना था। तुमने ठीक 'ट्वेण्टीज़' की लड़की जैसा बरताव किया है।"

वह सिर पकड़कर कुरसी पर बैठ गया।

शंखपुष्पी ने उसके सिर पर हाथ रखा। बोली—"तुम इतने परेशान क्यों हो गये, अरिष्ट ?"

अशोकारिष्ट ने कहा—"तुम मुझे समझने की कोशिश करो, पुष्पी !"

वह उठा और उसने शंखपुष्पी के पाँव पकड़ लिये।

कहा—"दीदी, तुम मुझे समझने की कोशिश करो। मैं तुमसे 'पवित्र प्रेम' करता हूँ और करता रहूँगा। दीदी, दीदी, मेरे सिर पर हाथ रखकर आशीष दो !"

शंखपुष्पी स्तम्भित रह गयी।

उसने कहा—"अशोक, तुम तो 'ट्वेण्टीज़' से भी नीचे चले गये। 'पवित्र प्रेम' का क्या अर्थ ? बात तो सीधी है। मैंने पिताजी से पूछ लिया है।"

अशोकारिष्ट गिड़गिड़ाया—"पुष्पी दीदी, मुझे समझने की कोशिश करो।"

अशोकारिष्ट 'दीदी-दीदी' कहता हुआ चला गया। शंखपुष्पी हतप्रभ खड़ी रही।

"दीदी, मेरे कप में से एक घूँट चाय पी लो। फिर मैं पी लूँगा।"

'मैं पी चुकी हूँ। मुझे इच्छा नहीं है।"

"तो इसे होठों से छू दो, दीदी ! यह चाय अमृत हो जायेगी।"

और एक दिन शंखपुष्पी को अशोकारिष्ट का एक पत्र मिला !

लिखा था—

"मेरी पुष्पी दीदी,

तुम्हारा यह अभागा अशोकारिष्ट, जिसे तुम प्यार से 'हिष्ट' कहने लगी थीं, अब कुछ दिनों का मेहमान है। जीवन रिक्त और अर्थहीन हो गया है। मेरे भीतर-बाहर शून्य ही शून्य है।

तुम मेरे लिए दुख न करना। बस, तुमसे एक ही प्रार्थना है, दीदी ! जब मेरी अर्थी उठने लगे, तो तुम अपने कोमल हाथों से मेरे सिर को छू लेना। बस, इतना ही। मैं तर जाऊँगा। और अगर तुम किसी कारण न आ सको, तो गाँधीगंज पोस्ट आफ़िस के सामने वह जो वीणा रहती है, उससे कह देना कि मेरा सिर छू ले। अगर वीणा भी न आ सके, तो फिर तुम्हारे मुहल्ले में वर्मा वकील की लड़की, जो शुभदा है, उसी से कह देना कि मेरा माथा छू ले। और अगर किसी कारण शुभदा भी न आ सके, तो तुम ज़रा कष्ट करके

जार्ज टाउन चली जाना और वहाँ प्रोफ़ेसर डी. सिंह की लड़की वसुधा से कह देना कि आकर मेरा माथा छू ले। और जो वसुधा भी न मिले, तो दीदी, फिर तुम चली जाना रंजना के पास। तुम उसे जानती हो। उसे भेज देना कि वह मेरा माथा छू ले।

बस, मेरा इतना काम करना, दीदी !

अभागा—

अशोकारिष्ट''

शंखपुष्पी बड़बड़ायी, ''उन्नीसवीं शताब्दी के उत्तरार्ध में चला गया यह तो।''

चिट्ठी लानेवाले से पूछा—''क्या हाल हैं उनके ? क्या कर रहे हैं ?''

उसने जवाब दिया—'बहनजी, वे चौक में चाट खा रहे थे अभी।''

भोलाराम का जीव

ऐसा कभी नहीं हुआ था।

धर्मराज लाखों वर्षों से असंख्य आदमियों को कर्म और सिफ़ारिश के आधार पर स्वर्ग या नरक में निवास-स्थान 'अलॉट' करते आ रहे थे। पर ऐसा कभी नहीं हुआ था।

सामने बैठे चित्रगुप्त बार-बार चश्मा पोंछ, बार-बार थूक से पन्ने पलट, रजिस्टर पर रजिस्टर देख रहे थे। ग़लती पकड़ में ही नहीं आ रही थी। आख़िर उन्होंने खीझकर रजिस्टर इतने ज़ोर से बन्द किया कि मक्खी चपेट में आ गयी। उसे निकालते हुए वे बोले—"महाराज, रिकार्ड सब ठीक है! भोलाराम के जीव ने पाँच दिन पहले देह त्यागी और यमदूत के साथ इस लोक के लिए रवाना भी हुआ पर यहाँ अभी तक नहीं पहुँचा।"

धर्मराज ने पूछा— और वह दूत कहाँ है ?"

"महाराज, वह भी लापता है।"

इसी समय द्वार खुले और एक यमदूत बड़ा बदहवास वहाँ आया। उसका मौलिक कुरूप चेहरा परिश्रम, परेशानी और भय के कारण और भी विकृत हो गया था। उसे देखते ही चित्रगुप्त चिल्ला उठे—"अरे, तू कहाँ रहा इतने दिन ? भोलाराम का जीव कहाँ है ?"

यमदूत हाथ जोड़कर बोला—"दयानिधान, मैं कैसे बतलाऊँ कि क्या हो गया। आज तक मैंने धोखा नहीं खाया था, पर भोलाराम का जीव मुझे चकमा दे गया। पाँच दिन पहले जब जीव ने भोलाराम की देह को त्यागा, तब मैंने उसे पकड़ा और इस लोक की यात्रा आरम्भ की। नगर के बाहर ज्यों ही मैं उसे लेकर एक तीव्र वायु-तरंग पर सवार हुआ, त्यों ही वह मेरी

चंगुल से छूटकर न जाने कहाँ ग़ायब हो गया। इन पाँच दिनों में मैंने सारा ब्रह्माण्ड छान डाला, पर उसका कहीं पता नहीं चला।"

धर्मराज क्रोध से बोले—"मूर्ख ! जीवों को लाते-लाते बूढ़ा हो गया, फिर भी एक मामूली बूढ़े आदमी के जीव ने तुझे चकमा दे दिया।"

दूत ने सिर झुकाकर कहा—"महाराज, मेरी सावधानी में बिलकुल क़सर नहीं थी। मेरे इन अभ्यस्त हाथों से, अच्छे-अच्छे वकील भी नहीं छूट सके। पर इस बार तो कोई इन्द्रजाल ही हो गया।"

चित्रगुप्त ने कहा—"महाराज, आजकल पृथ्वी पर इस प्रकार का व्यापार बहुत चला है। लोग दोस्तों को कुछ चीज़ भेजते हैं और उसे रास्ते में ही रेलवे वाले उड़ा लेते हैं। होज़री के पार्सलों के मोज़े रेलवे अफ़सर पहनते हैं। मालगाड़ी के डब्बे के डब्बे रास्ते में कट जाते हैं। एक बात और हो रही है। राजनीतिक दलों के नेता विरोधी नेता को उड़ा कर बन्द कर देते हैं। कहीं भोलाराम के जीव को भी तो किसी विरोधी ने मरने के बाद खराबी करने के लिए नहीं उड़ा दिया ?"

धर्मराज ने व्यंग्य से चित्रगुप्त की ओर देखते हुए कहा—"तुम्हारी भी रिटायर होने की उम्र आ गयी। भला भोलाराम जैसे नगण्य, दीन आदमी से किसी को क्या लेना-देना !"

इसी समय कहीं से घूमते-घामते नारद मुनि वहाँ आ गये। धर्मराज को गुमसुम बैठे देख बोले —"क्यों धर्मराज, कैसे चिन्तित बैठे हैं ? क्यों, नरक में निवास-स्थान की समस्या अभी हल नहीं हुई ?"

धर्मराज ने कहा—"वह समस्या तो कभी की हल हो गयी। नरक में पिछले सालों में बड़े गुणी कारीगर आ गये हैं। कई इमारतों के ठेकेदार हैं, जिन्होंने पूरे पैसे लेकर रद्दी इमारतें बनायीं। बड़े-बड़े इंजीनियर भी आ गये हैं, जिन्होंने ठेकेदारों से मिलकर पंचवर्षीय योजनाओं का पैसा खाया। ओवर-सीयर हैं, जिन्होंने उन मज़दूरों की हाज़िरी भर कर पैसा हड़पा, जो कभी काम पर गये ही नहीं। इन्होंने बहुत जल्दी नरक में कई इमारतें तान दी हैं। वह समस्या तो हल हो गयी, पर एक बड़ी विकट उलझन आ गयी है। भोलाराम नाम के एक आदमी की पाँच दिन पहले मृत्यु हुई। उसके जीव को यह दूत यहाँ ला रहा था कि जीव इसे रास्ते में चकमा देकर भाग गया। इसने

सारा ब्रह्माण्ड छान डाला, पर वह कहीं नहीं मिला। अगर ऐसा होने लगा, तो पाप-पुण्य का भेद ही मिट जायेगा।''

नारद ने पूछा—''उस पर इनकमटैक्स तो बक़ाया नहीं था ? हो सकता है, उन लोगों ने रोक लिया हो।''

चित्रगुप्त ने कहा—''इनकम होती तो टैक्स होता। भुखमरा था।''

नारद बोले—''मामला बड़ा दिलचस्प है। अच्छा मुझे उसका नाम, पता तो बताओ। मैं पृथ्वी पर जाता हूँ।''

चित्रगुप्त ने रजिस्टर देखकर बताया—''भोलाराम नाम था उसका। जबलपुर शहर में घमापुर मुहल्ले में नाले के किनारे एक डेढ़ कमरे के टूटे-फूटे मकान में वह परिवार समेत रहता था। उसकी एक स्त्री थी, दो लड़के और एक लड़की। उम्र लगभग साठ साल। सरकारी नौकर था। पाँच साल पहले रिटायर हो गया था। मकान का किराया उसने एक साल से नहीं दिया, इसलिए मकान-मालिक उसे निकालना चाहता था। इतने में भोलाराम ने संसार ही छोड़ दिया। आज पाँचवाँ दिन है। बहुत सम्भव है कि अगर मकान-मालिक वास्तविक मकान-मालिक है, तो उसने भोलाराम के मरते ही, उसके परिवार को निकाल दिया होगा। इसलिए आपको परिवार की तलाश में काफ़ी घूमना पड़ेगा।''

माँ-बेटी के सम्मिलित क्रन्दन से ही नारद भोलाराम का मकान पहचान गये।

द्वार पर जाकर उन्होंने आवाज़ लगायी—''नारायन ! नारायन !''

लड़की ने देखकर कहा—''आगे जाओ महाराज।''

नारद ने कहा—''मुझे भिक्षा नहीं चाहिए, मुझे भोलाराम के बारे में कुछ पूछ-ताछ करनी है। अपनी माँ को ज़रा बाहर भेजो, बेटी !''

भोलाराम की पत्नी बाहर आयी। नारद ने कहा—''माता, भोलाराम को क्या बीमारी थी ?''

''क्या बताऊँ ? ग़रीबी की बीमारी थी। पाँच साल हो गये, पेंशन पर बैठे। पर पेंशन अभी तक नहीं मिली। हर दस-पन्द्रह दिन में एक दरख्वास्त देते थे, पर वहाँ से या तो जवाब आता ही नहीं था और आता, तो यही कि तुम्हारी पेंशन के मामले पर विचार हो रहा है। इन पाँच सालों में सब गहने

बेचकर हम लोग खा गये। फिर बरतन बिके। अब कुछ नहीं बचा था। फ़ाके होने लगे थे। चिन्ता में घुलते-घुलते और भूखे मरते-मरते उन्होंने दम तोड़ दी।''

नारद ने कहा—''क्या करोगी माँ ? उनकी इतनी ही उम्र थी।''

''ऐसा तो मत कहो, महाराज ! उम्र तो बहुत थी। पचास-साठ रुपये महीना पेंशन मिलती तो कुछ और काम कहीं करके गुज़ारा हो जाता। पर क्या करें ? पाँच साल नौकरी से बैठे हो गये और अभी तक एक कौड़ी नहीं मिली।''

दुख की कथा सुनने की फ़ुरसत नारद को थी नहीं। वे अपने मुद्दे पर आये ''माँ, यह तो बताओ कि यहाँ किसी से उनका विशेष प्रेम था, जिसमें उनका जी लगा हो ?''

पत्नी बोली—''लगाव तो महाराज, बाल-बच्चों से ही होता है।''

''नहीं, परिवार के बाहर भी हो सकता है। मेरा मतलब है, किसी स्त्री…''

स्त्री ने गुर्राकर नारद की ओर देखा। बोली—''हर कुछ मत बको महाराज ! तुम साधु हो, उचक्के नहीं हो। ज़िन्दगी भर उन्होंने किसी दूसरी स्त्री को आँख उठाकर नहीं देखा।''

नारद हँसकर बोले—''हाँ, तुम्हारा यह सोचना ठीक ही है। यही हर अच्छी गृहस्थी का आधार है। अच्छा, माता मैं चला।''

स्त्री ने कहा—''महाराज, आप तो साधु हैं, सिद्ध पुरुष हैं। कुछ ऐसा नहीं कर सकते कि उनकी रुकी हुई पेंशन मिल जाये। इन बच्चों का पेट कुछ दिन भर जाये।''

नारद को दया आ गयी। वे कहने लगे—''साधुओं की बात कौन मानता है ? मेरा यहाँ कोई मठ तो हैं नहीं। फिर भी मैं सरकारी दफ्तर में जाऊँगा और कोशिश करूँगा।''

वहाँ से चलकर नारद सरकारी दफ्तर में पहुँचे। वहाँ पहले ही कमरे में बैठे बाबू से उन्होंने भोलाराम के केस के बारे में बातें कीं। उस बाबू ने उन्हें ध्यानपूर्वक देखा और बोला— ''भोलाराम ने दरख्वास्तें तो भेजी थीं, पर उन पर वज़न नहीं रखा था, इसलिए कहीं उड़ गयी होंगी।''

नारद ने कहा—"भई, ये बहुत से 'पेपर-वेट' तो रखे हैं। इन्हें क्यों नहीं रख दिया ?"

बाबू हँसा—"आप साधु हैं, आपको दुनियादारी समझ में नहीं आती। दरख्वास्तें 'पेपर-वेट' से नहीं दबतीं। खैर, आप उस कमरे में बैठे बाबू से मिलिए।"

नारद उस बाबू के पास गये। उसने तीसरे के पास भेजा, तीसरे ने चौथे के पास, चौथे ने पाँचवें के पास। जब नारद पचीस-तीस बाबुओं और अफ़सरों के पास घूम आये तब एक चपरासी ने कहा —"महाराज, आप क्यों इस झंझट में पड़ गये। आप अगर साल भर भी यहाँ चक्कर लगाते रहें, तो भी काम नहीं होगा। आप तो सीधे बड़े साहब से मिलिए। उन्हें खुश कर लिया, तो अभी काम हो जायेगा।"

नारद बड़े साहब के कमरे में पहुँचे। बाहर चपरासी ऊँघ रहा था, इसलिए उन्हें किसी ने छेड़ा नहीं। बिना 'विजिटिंग कार्ड' के आया देख, साहब बड़े नाराज़ हुए। बोले—"इसे कोई मन्दिर-वन्दिर समझ लिया है क्या ? धड़धड़ाते चले आये। चिट क्यों नहीं भेजी ?"

नारद ने कहा—"कैसे भेजता ? चपरासी सो रहा है।"

"क्या काम है ?" साहब ने रोब से पूछा।

नारद ने भोलाराम का पेंशन-केस बतलाया।

साहब बोले—"आप हैं वैरागी। दफ्तरों के रीति-रिवाज़ नहीं जानते। असल में भोलाराम ने ग़लती की। भई, यह भी एक मन्दिर है। यहाँ भी दान-पुण्य करना पड़ता है। आप भोलाराम के आत्मीय मालूम होते हैं। भोलाराम की दरख्वास्तें उड़ रही हैं, उन पर वज़न रखिए।"

नारद ने सोचा कि फिर यहाँ वज़न की समस्या खड़ी हो गयी। साहब बोले—"भई, सरकारी पैसे का मामला है। पेंशन का केस बीसों दफ़्तरों में जाता है। देर लग ही जाती है। बीसों बार एक ही बात को बीस जगह लिखना पड़ता है, तब पक्की होती है। जितनी पेंशन मिलती है, उतनी ही स्टेशनरी लग जाती है। हाँ, जल्दी भी हो सकती है, मगर···" साहब रुके।

नारद ने कहा—"मगर क्या ?"

साहब ने कुटिल मुसकान के साथ कहा—"मगर वज़न चाहिए। आप

समझे नहीं। जैसे आपकी यह सुन्दर वीणा है, इसका भी वज़न भोलाराम की दरख्वास्त पर रखा जा सकता है। मेरी लड़की गाना-बजाना सीखती है। यह मैं उसे दे दूँगा। साधु-सन्तों की वीणा से तो और अच्छे स्वर निकलते हैं।''

नारद अपनी वीणा छिनते देख ज़रा घबराये। पर फिर सँभलकर उन्होंने वीणा टेबिल पर रखकर कहा—''यह लीजिए। अब ज़रा जल्दी उसकी पेंशन का ऑर्डर निकाल दीजिए।''

साहब ने प्रसन्नता से उन्हें कुरसी दी, वीणा को एक कोने में रखा और घण्टी बजायी। चपरासी हाज़िर हुआ।

साहब ने हुक्म दिया—''बड़े बाबू से भोलाराम के केस की फ़ाइल लाओ।''

थोड़ी देर बाद चपरासी भोलाराम की सौ-डेढ़ सौ दरख्वास्तों से भरी फ़ाइल लेकर आया। उनमें पेंशन के काग़ज़ात भी थे। साहब ने फ़ाइल पर का नाम देखा और निश्चित करने के लिए पूछा —''क्या नाम बताया साधु जी आपने ?''

नारद समझे कि साहब कुछ ऊँचा सुनता है। इसलिए ज़ोर से बोले—''भोलाराम !''

सहसा फ़ाइल में से आवाज़ आयी—''कौन पुकार रहा है मुझे ? पोस्टमैन है क्या ? पेंशन का ऑर्डर आ गया ?''

नारद चौंके। पर दूसरे ही क्षण बात समझ गये। बोले—''भोलाराम ! तुम क्या भोलाराम के जीव हो ?''

''हाँ'', आवाज़ आयी।

नारद ने कहा—''मैं नारद हूँ। मैं तुम्हें लेने आया हूँ। चलो स्वर्ग में तुम्हारा इन्तज़ार हो रहा है।''

आवाज़ आयी—''मुझे नहीं जाना। मैं तो पेंशन की दरख्वास्तों में अटका हूँ। यहीं मेरा मन लगा है। मैं अपनी दरख़्वास्तें छोड़कर नहीं जा सकता।''

एक फ़िल्म-कथा

यह रंजना और राकेश की प्रेम-कहानी है।

रंजना बहुत अच्छी लड़की है और उसे गाना भी आता है। राकेश भी बहुत अच्छा लड़का है। वह एक करोड़पति का इकलौता बेटा है। वह थोड़ा आवारा है, क्योंकि उसे प्यार करना है और हमारे समाज में कोई भी अच्छी स्त्री किसी शरीफ़ आदमी से प्यार नहीं करती। राकेश को भी गाना आता है।

राकेश की एक आदत है। वह उन स्थानों के आस-पास घूमता रहता है, जहाँ गुण्डे स्त्रियों को तंग करते हैं। ज्यों ही किसी सुन्दरी को कोई गुण्डा छेड़ता है, राकेश उससे भिड़ जाता है और उसे पीटकर स्त्री को उसके घर पहुँचा देता है।

एक दिन इसी तरह, गुण्डों से घिरी रंजना को राकेश बचाता है और उसे घर पहुँचाने जाता है। रास्ते में रंजना राकेश को सत्रह बार देखती है और राकेश रंजना को इकतीस बार देखता है। तब रंजना उसके प्रति आभार प्रकट करती है और राकेश कहता है कि यह तो मेरा कर्तव्य था।

इतनी ही देर में रंजना राकेश की एक बुरी आदत छुड़वा देती है। राकेश चेन स्मोकर है। रंजना कहती है—"यह बुरी आदत है, इसे छोड़ दीजिए !"

राकेश फ़ौरन हाथ की सिगरेट फेंक देता है और सब जानते हैं कि उसने आज तक सिगरेट नहीं पी। उसका आवारापन अब सार्थक होने लगता है।

राकेश और रंजना अब पाँच गाने ऐसे याद करते हैं, जिन्हें डुएट या दोगाने कहते हैं। इन गानों में एक कड़ी नायक गाता है और दूसरी नायिका गाती है। ये गाने सीखकर वे अपने-अपने घर में बैठे एक-एक कड़ी गाते रहते हैं। उनके हृदय मिल गये हैं, इसलिए ज्यों ही एक गाना आरम्भ करता है,

दूसरा जान जाता है और वह आगे गाने लगता है।

अपने घर में बैठकर, इस तरह पाँच गाने गाकर, वे एक बगीचे में मिलते हैं। वहाँ वे गाने गाते हैं और लुका-छिपी खेलते हैं। वहाँ कोई आदमी इस समय नहीं आता, क्योंकि नगरपालिका ने जो समय प्रेमियों के मिलने के लिए निश्चित कर दिया है, उस समय नागरिकों को आने की मनाही है। चारों कोनों पर पुलिस तैनात रहती है। प्रेमी-युगल पाँचवाँ गाना गाने ही वाला है कि कहीं से एकाएक चाँद निकल पड़ता है। दोनों चाँद को देखते हैं और चाँदनी के बारे में एक गाना गाते हैं। गाना समाप्त होने पर वे क़समें खाते हैं कि हम एक-दूसरे के हो गये। 'हम जीवन भर साथ रहेंगे', इस सम्बन्ध में एक और गाना गाकर वे अपने-अपने घर चले जाते हैं।

कुछ दिनों बाद रंजना पर दुःख टूट पड़ता है। उसकी माँ की मृत्यु हो जाती है। ज्यों ही माँ प्राण छोड़ती है, रंजना दूसरे कमरे में जाकर माँ की मौत के बारे में एक गाना गाती है, जो उसने पहले से इस अवसर के लिए तैयार कर रखा है।

रंजना के पिता बाबू हरप्रसाद को लड़की के विवाह की चिन्ता है। वह ग़रीब आदमी हैं, इसलिए उसके लिए अच्छा वर प्राप्त नहीं कर सकते।

इधर राकेश के पिता बेटे की शादी एक रईस के घर करने की योजना बना रहे हैं। राकेश रंजना से शादी करने की इच्छा प्रकट करता है, पर पिता कहते हैं कि ग़रीब के घर विवाह करने से उनकी इज़्ज़त चली जायेगी। "यह मेरी इज़्ज़त का सवाल है।" उनका कहना है।

अब यहाँ खलनायक प्रकट होता है। सुरेन्द्रसिंह एक पुराने ज़मींदार का इकलौता बेटा है। उसके पिता की मृत्यु हो चुकी है और वह अपार सम्पत्ति का मालिक हो गया है। सुरेन्द्रसिंह बहुत बदमाश आदमी है, क्योंकि उसकी तलवार जैसी मूँछें हैं। वह हमेशा सिगरेट पीता और सीटी बजाता रहता है। उसके पास एक बड़ा भयानक कुत्ता है। वह शराबी, जुआरी, चरित्रहीन, अत्याचारी सब कुछ है। बाबू हरप्रसाद पर उसका पन्द्रह हज़ार क़र्ज़ है और उनका मकान उसके पास रेहन रखा हुआ है। वह जब-तब मकान बेदख़ल कराने की धमकी देता रहता है। उसकी नज़र रंजना पर है।

एक दिन राकेश रंजना को मोटर में घुमाने ले जाता है। रंजना मोटर

की सवारी के बारे में एक गाना गाती है। बीच में मोटर फ़ेल हो जाती है तो वह मोटर फ़ेल होने के बारे में भी एक गाना गाती है। अब उसके पास चौदह गाने हो गये हैं।

राकेश भी गाना गाने में पीछे नहीं है। वह दो गाने आवारागर्दी के बारे में गाता है। फिर एक दिन उसे सड़क के किनारे एक ग़रीब आदमी पड़ा दीखता है। उसे दया आ जाती है और वह वहीं रुककर ग़रीब की दुर्दशा के बारे में एक गाना गाता है, जिसमें वह सामने की अट्टालिका की ओर इशारा करके कहता है—"ऐ महल वालो ! देखो, तुम्हारे सामने ही ग़रीब पड़ा है !" अब राकेश के पास भी चौदह गाने हो गये हैं।

राकेश का मन ग़रीब को देखकर बहुत दुखी हो गया है, इसलिए वह रात को एक थियेटर में जाकर नाच देखता है।

एक दिन रंजना एक वेराइटी शो देखने जाती है। वह तीन नाच देखती है। चौथे नाच के लिए राकेश ही नर्तक के वेश में मंच पर आता है। ज्यों ही रंचना की दृष्टि उससे मिलती है, वह उसे पहचान लेती है। दोनों मुसकरा उठते हैं। राकेश एक अन्तरराष्ट्रीय नृत्य पेश करता है, जिसमें भरत-नाट्यम और रॉक-एन-रोल का मिश्रण रहता है। रंजना यह देखकर बहुत प्रसन्न होती है कि राकेश को नाचना भी आता है। वह उसे पहले से अधिक प्यार करने लगती हैं।

सुरेन्द्रसिंह अपने कुत्ते को साथ लेकर कई दिन से शिकार पर गया था। वह लौट आता है। अब उसे रंजना की याद आती है और वह एक दिन बाबू हरप्रसाद को बुलाता है। सुरेन्द्रसिंह बाबू हरप्रसाद से क़र्ज़ पटाने के लिए कहता है। वह फ़िलहाल असमर्थता प्रकट करते हैं। वह उनसे मकान छोड़ देने के लिए कहता है। बाबू हरप्रसाद अनुनय-विनय करते हैं, पर उस दुष्ट का हृदय नहीं पसीजता। वह कहता है कि यदि वह रंजना की शादी उससे कर दें, तो वह सब क़र्ज़ छोड़ देगा। बाबू हरप्रसाद बिना कुछ उत्तर दिये चले जाते हैं।

बाबू हरप्रसाद से खाना नहीं खाया जाता। रंजना पिता की चिन्ता का कारण समझ जाती है और कहती है कि मैं सुरेन्द्रसिंह से शादी करने के लिए तैयार हूँ। वह बलिदान करने के लिए तैयार है। बलिदान की परम्परा यहाँ

से आरम्भ होती है। रंजना इस निर्णय के बाद अपने कमरे में आती है और दरवाज़ा बन्द करके दुर्भाग्य का गाना गाती है। फिर वह राकेश की तसवीर हाथ में लेकर उससे बातें करती है।

दूसरे दिन रंजना राकेश को एक चिट्ठी लिखकर अपने निर्णय की सूचना दे देती है। लिखती है कि मुझे भूल जाओ।

राकेश के हृदय को बड़ा गहरा धक्का लगता है। वह एक निराशा का गाना गाता है। गाने के अन्त में वीर-रस आता है, जब वह कहता है कि ऐ कोमल हृदयों को कुचलनेवाली दुनिया ! हम तुझमें आग लगा देंगे।

रंजना की शादी की तिथि तय हो जाती है। रंजना और राकेश अपने-अपने घर में बैठकर चार गाने गाते हैं। जिनमें कहा गया है कि अब तुम हमें भूल जाओ, अब हम सदा के लिए बिछुड़ गये।

राकेस घोर निराशा में जंगल की ओर भाग जाता है, पर फिर उसे डर लगता है, इसलिए घर लौट आता है।

शादी की तिथि आ जाती है। बाजे-गाजे के साथ सुरेन्द्रसिंह अपनी बारात लाता है। रास्ते में उसे राकेश दीखता है। वह घोड़े पर बैठे-बैठे ही चेहरे पर के फूलों को ज़रा हटाकर, राकेश को मुँह चिढ़ाता है।

बारात मण्डप में आ जाती है। वेदी के सामने रंजना और सुरेन्द्रसिंह बिठा दिये जाते हैं। पण्डित वर-वधू के हाथ जोड़ देते हैं और मन्त्र पढ़ने की तैयारी करते हैं।

राकेश की एक खास आदत है। जब किसी शादी में शामिल होने जाता है तब जेब में पचीस-तीस हज़ार के नोट ले जाता है। जब वह देखता है कि लड़की किसी और को प्यार करते हुए भी, क़र्ज़ के दबाव के कारण किसी और से शादी कर रही है, तो वह वहीं, मण्डप में ही लड़की के बाप का क़र्ज़ पटाकर लड़की की शादी उसके प्रेमी से करा देता है।

आज वह पचास हज़ार के नोट लेकर आया है।

पण्डित राकेश के प्रकट होने की राह देख रहे हैं। वह मन्त्र पढ़ने में इसीलिए विलम्ब कर रहे हैं। उन्हें मालूम है कि प्रेम करने वाली कन्याओं के पिता, राकेश से अपना क़र्ज़ पटवाकर लड़की की शादी उसके प्रेमी से कर देते हैं।

पण्डित मन्त्रोच्चार करने ही वाले हैं कि सहसा भीड़ में से राकेश सामने आता है और बड़ी दबंग आवाज़ में कहता है—"ठहरो ! यह शादी नहीं हो सकती !"

एक सकता छा जाता है। सुरेन्द्रसिंह उठकर खड़ा हो जाता है और कड़ककर पूछता है— "तुम कौन होते हो बीच में बोलने वाले ? शादी होकर रहेगी !"

वह साँस रोकने का स्थल है। देखें क्या होता है !

सुरेन्द्रसिंह बाबू हरप्रसाद से कहता है कि यह सब क्या घोटाला है ? बाबू हरप्रसाद को मालूम है कि राकेश पचास हज़ार के नोट लेकर आया है। वह राकेश की बात का समर्थन करते हैं।

तब सुरेन्द्रसिंह कहता है—"तो लाओ, मेरा क़र्ज़ पटाओ !"

राकेश तुरन्त पचास हज़ार के नोट उसके मुँह पर फेंक कर कहता है—"ले, अपनी धन की भूख शान्त कर !"

इसके बाद राकेश वहीं धनवानों की हृदयहीनता पर एक जोशीला भाषण देता है।

सुरेन्द्रसिंह का चेहरा क्रोध से लाल हो रहा है। वह मुकुट ज़मीन पर फेंक देता है, पुष्पहार तोड़ फेंकता है और दूल्हे का बाना उतारकर कोट की जेब में नोटों का बण्डल रख लेता है। न नोट गिनता है, न रसीद देता है। बाबू हरप्रसाद भी रसीद नहीं माँगते, क्योंकि पैसा उनकी जेब से तो गया नहीं है।

सुरेन्द्रसिंह पाँव पटकता हुआ मण्डप से बाहर चला जाता है। जाते-जाते कह जाता है—"याद रखना ! मेरा नाम सुरेन्द्रसिंह है। मैं बदला लेकर रहूँगा।"

बाबू हरप्रसाद राकेश से कहते हैं—"बेटा ! तुमने मेरी इज़्ज़त बचा ली !"

राकेश संकोचपूर्वक कुछ अस्पष्ट उत्तर देता है, जिसका अर्थ है कि मैं तो इज़्ज़त बचाता ही रहता हूँ।

पण्डित कहते हैं—"विवाह का मुहूर्त निकला जा रहा है !"

यह सुनकर राकेश और रंजना वेदी पर बैठ जाते हैं और पण्डित मन्त्र

पढ़ देते हैं।

राकेश और रंजना बहुत प्रसन्न हैं। राकेश अब दुनिया को आग लगाने का इरादा त्याग देता है। दोनों एक बड़े मकान में रहते हैं और गाना गाते हैं। अब प्रत्येक के पास लगभग सत्ताईस गाने हो चुके हैं।

पर संसार में सुख और दुख का जोड़ा है। एक दिन राकेश सख़्त बीमार होता है। रंजना डॉक्टर को नहीं बुलाती। वह भगवान् की मूर्ति के सामने पति की बीमारी के बारे में एक गाना गाती है। थोड़ी देर बाद राकेश अच्छा हो जाता है।

राकेश और रंजना अब सुखपूर्वक रह सकते हैं, पर वे नहीं रहते, क्योंकि अभी फ़िल्म केवल दो घण्टे की हुई है और दर्शक भूले न होंगे कि सुरेन्द्रसिंह जाते-जाते कह गया था, याद रखना ! मेरा नाम सुरेन्द्रसिंह है ! मैं बदला लिये बिना नहीं रहूँगा।

अब एक रहस्य और खुलता है। सुरेन्द्रसिंह के पास रंजना के कुछ पत्र हैं, जो किसी दूसरे प्रसंग के हैं, पर जिन्हें वह प्रेम-पत्र कहता है। वह रंजना को धमकी भेजता है कि मैं ये प्रेम-पत्र राकेश को दिखा दूँगा।

रंजना बहुत घबराती है और एकदम आत्महत्या करने चल देती है।

आत्महत्या करने की जगह नदी का एक ख़तरनाक घाट है। यहाँ बिलकुल सुनसान रहता है। रंजना घाट की ओर चली जा रही है।

भारत में साधु बहुत हैं। इनसे समाज को बहुत लाभ है। इतना काम है, आत्महत्या करनेवाली स्त्रियों को बचाना और बिछुड़े हुए प्रेमियों को मिलाना। भारत-साधु-समाज की व्यवस्था के अनुसार सुन्दरियों के आत्महत्या करने के स्थानों के पास एक-एक साधु छिपकर बैठा रहता है। वह चौबीसों घण्टे देखता रहता है कि कौन आत्महत्या करने जा रही है। बारह घण्टे में उनकी ड्यूटी बदलती है।

जहाँ रंजना डूबने जा रही है वहाँ भी एक साधु बैठा है। ज्यों ही वह रंजना को देखता है, त्यों ही एक गाना गाता है, जिसमें वह सन्देश देता है कि, हे प्राणी ! संसार तो दुख का स्थल ही है ! तू हिम्मत मत हार ! तेरे सुख के दिन आयेंगे।···

रंजना ठिठककर साधु के सन्देश पर विचार करती है, पर उसे उस पर

विश्वास नहीं होता और वह घाट की ओर बढ़ जाती है।

रंजना एक ऊँचे कगार पर खड़ी है। नीचे अथाह पानी है। हवा सायँ-सायँ कर रही है। घोर सस्पेन्स का क्षण है, यह ! क्या होगा ? क्या रंजना कूद पड़ेगी ? इधर वह साधु भी धीमे पग पीछे-पीछे चला आया है। रंजना को नहीं मालूम क्योंकि उसने पीछे देखा ही नहीं। साधु रंजना के कूदने की राह देख रहा है। उसका नियम है कि जब तक सुन्दरी कूदने न लगे, वह उसे नहीं बचाता।

रंजना गिरने लगती है। साधु तुरत उसे पकड़ लेता है। रंजना मुड़ती है, साधु कहता है—"बेटी !" साधु उसे समझाता है और वह घर लौट जाती है। साधु कुटी में लौट आता है और रिपोर्ट लिखकर भारत-साधु-समाज के केन्द्रीय कार्यालय को भेज देता है। रंजना पर साधु के उपदेश का असर पड़ता है। वह सत्य का सहारा लेती है। सुरेन्द्रसिंह की चालबाज़ी राकेश को बता देती है।

राकेश को बहुत क्रोध आता है, वह सुरेन्द्रसिंह के बँगले पर पहुँचता है। वहाँ देखता है कि सुरेन्द्रसिंह मरा पड़ा है। किसी ने उसकी हत्या कर दी है।

राकेश घबराकर भागता है। रास्ते में उसे पुलिस गिरफ़्तार कर लेती है। रंजना बहुत दुखी है। वह दुख-भरे गाने गा-गाकर समय काटती है।

राकेश पर सुरेन्द्रसिंह की हत्या का मुक़दमा चलता है। अदालत भरी है। न्यायाधीश महोदय राकेश के बयान लेते हैं। फिर सरकारी वकील सिद्ध करता है कि हत्या राकेश ने ही की है। राकेश का वकील इसका खण्डन करता है और सिद्ध करता है कि हत्या किसी और ने की थी, राकेश तो वहाँ बाद में पहुँचा। दर्शकों में बहुत सनसनी है। तीसरी बार यह सस्पेन्स की स्थिति है। अब क्या होगा ? क्या राकेश को फाँसी हो जायेगी ?

न्यायाधीश फाँसी की सज़ा सुनाने ही वाले हैं कि दर्शकों में से एक स्त्री चिल्लाती है—"राकेश निर्दोष है। हत्या मैंने की है !" स्त्री की बलिदान-भावना देखकर सारे दर्शक मुग्ध हो जाते हैं।

न्यायाधीश उस स्त्री को गिरफ्तार करवाने ही वाले हैं कि कहीं से भागता-भागता एक आदमी आता है और अदालत में घुसकर चिल्लाता है—"माई लार्ड ! हत्यारा मैं हूँ। सुरेन्द्रसिंह की हत्या मैंने की है !..."

सब अचम्भे में हैं। बड़ा सस्पेन्स है। इतने आदमियों को बिलदान करने के लिए तत्पर देखकर न्यायाधीश का हृदय भर आता है और वे सबको छोड़ देते हैं। उनका निर्णय है कि सुरेन्द्रसिंह ने आत्महत्या की है।

सब प्रसन्न हैं। रंजना और राकेश अब सुखपूर्वक रह सकते हैं, क्योंकि फ़िल्म तीन घण्टे की हो गयी है।

एक तृप्त आदमी की कहानी

परिचय :

असल नाम—नन्दलाल शर्मा।

लड़कों के द्वारा बनाया गया और प्रचलित किया गया नाम—एन्. एल्. मास्टर। पेशा— स्कूली मास्टरी। वेतन 90 रुपये मासिक, ऊपरी आमदनी 15 रुपये (ट्यूशन से)। उम्र 35 के लगभग। शरीर स्वस्थ। रूप—सेकेण्ड क्लास। परिवार—माँ, बीवी, तीन बच्चे। आवास— दो कमरे, एक परछी, जिसमें एक कोने पर रसोई घर और उसके सामने दूसरे कोने पर पाखाना। (भोजन करते वक़्त याद रहे कि अन्न का हश्र क्या होनेवाला है। जैसे ज्ञानी को घोर भोग के बीच भी अन्त याद रहता है)। कमरे में एक टेबिल (बना टेबिलक्लाथ पर स्याही के धब्बे और ब्लेड की खुदाई से अलंकृत), एक आराम कुरसी (आराम की स्थिति नाम के बाहर कहीं नहीं), दो बेंत की कुरसियाँ, एक लोहे की टूटी कुरसी (जो बैठनेवाले के कपड़े फाड़ने के काम आती है), दीवार पर चीरहरण करते हुए कृष्ण की तसवीर, दूसरी तसवीर हनुमान की—सीना फाड़कर अन्तःकरण में अंकित 'राम' दिखाते हुए, एक चित्र गाँधीजी का (अख़बार में से फाड़कर मढ़ाया हुआ।)।

बजट :

वेतन—90 रुपये, ऊपरी आमदनी 15 रुपये, कुल 105 रुपये, मकान किराया—30 रुपये। शेष—75 रुपये।

परिवार में 6 व्यक्ति।,

75 में 6 का भाग देने से हर एक के हिस्से में साढ़े बारह रुपये आता है, यह गणित के अच्छे शिक्षक एन्. एल्. मास्टर जानते हैं।

दिनचर्या :

प्रातःकाल दूधवाले की पुकार से एन्. एल्. मास्टर सात बजे जाग उठे। बड़ा लड़का उन्हीं के पास सोता है।—(कपड़ों की कमी वात्सल्य का उद्दीपन होती है, यह रस के आचार्यों को न मालूम होगा !) रात को नटखट लड़के ने रज़ाई के छोटे-से छेद में अँगूठा फँसाकर उसे और फाड़ दिया था। एन्. एल्. मास्टर ने उसे पलटकर देखा और पत्नी से कहा—"मैंने कहा, विजय ने रात को रज़ाई फाड़ दी थी। ज़रा टाँके लगा देना।" पत्नी ने सिर हिला दिया। मास्टर मुँह-हाथ धोने चले। नमकमिश्रित कोयले से दाँत घिसे और कुल्ले किये (टूथपेस्ट और बाज़ारू मंजन से दाँत ख़राब हो जाते हैं !) मास्टर कुरसी पर बैठ गये, मास्टरनी ने चाय का कप लाकर रख दिया —(घर में दो जोड़ी कप-बसी हैं, एक विधवा बसी है और एक विधुर कप जो कान का कच्चा निकल गया !) मास्टर ने चाय गटकी, सुपारी काटी, तमाखू घिसी और फाँक ली। मास्टर ने कुरता-पायजामा शरीर पर डाला और तमाखू चबाते तथा थूकते ट्यूशन पर चल दिये। रास्ते में एक पान की दुकान पर रुक गये। पानवाला उन्हें कभी-कभी पान खिला देता है। (उसका लड़का पढ़ता है और वह परीक्षा के समय मास्टर से कह देता है—पण्डज़्ी, जरा लड़के को देख लेना, और मास्टर उसे 'देख' लेते हैं। इसी देख लेने के कारण वह देखते-देखते ही पाँचवीं से नवीं कक्षा में पहुँच गया।) मास्टर पानवाले का अख़बार उठाकर पढ़ने लगे। वे इसी तरह अख़बार पढ़ लेते हैं। अगर कोई पढ़ रहा हो, तो उसके कन्धे के ऊपर गरदन डालकर पढ़ लेते हैं। अख़बार नहीं मिला, तो कई दिन नहीं पढ़ते। दुकान पर खड़े एक आदमी ने कहा—"अमेरिका और रूस हमेशा क्यों झगड़ते रहते हैं ?" मास्टर बोले—"झगड़ने दो, अपना क्या लेते हैं।" दूसरा बिना किसी को लक्ष्य किये बोला—"कश्मीर के मामले में क्या हो रहा है ?" मास्टर ने कहा—"होता होगा। बड़े-बड़े लोग तो लगे हैं।" तभी पानवाले ने कहा— "बम्बई में बड़ा ग़ज़ब हो गया। मिल के मज़दूरों ने हड़ताल कर दी। पुलिस की गोली से

ग्यारह मज़दूर मर गये।''

मास्टर ट्यूशन पढ़ाकर घर लौट आये। दाढ़ी बनायी, स्नान किया और बनियान में साबुन लगाया—तीनों काम एक ही साबुन से। भोजन करने बैठे—आस-पास बच्चे। दाल-भात ज़्यादा खाते हैं मास्टर। चावल आसानी से पच जाता है। कभी साग भी बन जाता है। मास्टर ने कपड़े पहने। कपड़े कम हैं इसलिए मास्टर साहब इतवार को खुद धोकर लोहा कर लेते हैं। कोट आदमी की इज़्ज़त भी बचाता है और क़मीज़ की भी—फटी क़मीज़ कोट के नीचे पहनकर मास्टर स्कूल चल दिये।

सड़क के बायें किनारे की पटरी से सीधे चले जा रहे हैं—नीचे देखते, पास-पास क़दम रखते। रास्ते में लड़के एक के बाद एक नमस्ते करते निकलते हैं और मास्टर सिर हिलाकर जवाब देते हैं। मास्टर के मन ने सिर उठाया। सोचा—''मैं चुनाव में खड़ा हो जाऊँ ?'' उसी क्षण दूसरा ख़याल आया, पर ये नमस्ते करने वाले लड़के मतदाता थोड़े ही हैं। और तब उन्होंने मन ही मन अपनी उम्मीदवारी निस्संकोच वापस ले ली।

मास्टर ठीक ग्यारह बजे स्कूल पहुँचे, रजिस्टर में हाज़िरी लगायी। बड़ों से खुद नमस्ते किया, छोटों के हाथ जोड़ने की राह देखते रहे। सामूहिक प्रार्थना में एकाग्र मन से खड़े हुए, फिर कक्षा में गये। एक के बाद एक घण्टियाँ बजती रहीं और एन्. एल्. मास्टर इस कमरे में से उस कमरे में जाते रहे। वे मेहनत से पढ़ाते हैं। न खुश होते हैं, न नाराज़। न हँसते हैं, न डाँटते हैं। न प्रेम करते, न घृणा। न हेडमास्टर की किसी बात में थका करते हैं, न अपने से छोटों को सलाह देते हैं।

ठीक समय पर पढ़ाते हैं, ठीक समय पर कोर्स पूरा कर देते हैं। कॉपियाँ ठीक समय पर जाँचते हैं, हिसाब ठीक बनाते हैं। हर आदेश को ठीक समय पर पूरा कर देते हैं।

एन्. एल्. मास्टर अच्छे शिक्षक हैं, उनसे सब खुश हैं।

बीच की छुट्टी में मास्टर ने एक कप चाय पीकर डकार ली और तम्बाकू फाँकी। घण्टी बजी और फिर वही क्रम चला—इस कमरे से उस कमरे में और अँगरेज़ी, गणित, भूगोल, विज्ञान, ···

शाम को मास्टर घर लौटे और चाय पीकर दो पुत्रों को साथ लेकर तीन

काम एक साथ करने निकल पड़े—घूमने, हनुमान्‌जी के दर्शन करने और साग-भाजी ख़रीदने। वे रोज़ फुहारे के पासवाले हनुमान्‌जी के दर्शन करते हैं, (कोतवाली के पास के हनुमान् को वे अपना हनुमान् नहीं मानते।) साग-भाजी भी हमेशा एक ही दुकान से ख़रीदते हैं। अकसर कुम्हड़ा और तुरई। सस्ते होते हैं। नहीं, मास्टर का ख़याल है आलू कब्ज़ करते हैं और गोभी में इल्लियाँ होती हैं। अँधेरा होते वे घर लौटे आते हैं।

जबतक पत्नी खाना बनाती है, मास्टर बच्चों को लिखाते हैं या पढ़ाते हैं। उद्देश्य यह है कि वे ऊधम न करें। कभी कुछ साथी शिक्षक आ गये, तो वह दो घड़ी गप्पें भी हाँक लेते हैं। छोटी-मोटी बात पर सब खूब हँसते हैं, क्योंकि शाम का हँसना स्वास्थ्य के लिए लाभदायक होता है। भोजन करके मास्टर ने बच्चों को सुला दिया और बालटियाँ लेकर सामने सड़क पर के नल से पानी लाकर घड़ों में भरने लगे। घर का नल रोता-रोता चलता है, इसलिए सुबह के लिए पानी रात को ही सड़क के नल से भर लेते हैं। (मास्टरनी कैसे पानी भरने जायें, कुलीन घराने की जो हैं)।

काम-काज समाप्त कर मास्टरनी 'हे राम' के साथ थकान-भरी साँस लेकर छोटे बच्चे के पास आकर लेट जाती हैं। मास्टर उसे एकटक निहारते हैं, श्रम की हँफनी से चढ़ते-उतरते उसके वक्ष को देखते हैं। उनके नेत्रों में असीम प्यार है। वे कहते हैं, "तुम मुझे बहुत अच्छी लगती हो" और सो जाते हैं।

हर दिन ऐसा ही उगता है, ऐसा ही चढ़ता है, ऐसा ही डूबता है। मौसम बदलते रहते हैं। मास्टर की दिनचर्या में कोई हेर-फेर नहीं होता।

वही क्रम रोज़···उठना। कोयले का मंजन। फ़ीकी चाय। पान की दुकान का अख़बार। ट्यूशन। कोट के नीचे फटी क़मीज़। सड़क के किनारे-किनारे स्कूल यात्रा। नमस्कार। अँगरेज़ी, गणित, इतिहास, विज्ञान। हनुमान् जी के दर्शन। सड़क के नल से पानी। 'तुम मुझे बहुत अच्छी लगती हो।'

फुटकर नोट्स :

एन्. एल्. मास्टर सिनेमा भी देख लेते हैं, गाना भी सुन लेते हैं, ताश भी खेल लेते हैं। कभी भंग भी छान लेते हैं। किसी से ज़्यादा हेल-मेल नहीं रखते।

ज़्यादा मिठास में कीड़े पड़ते हैं। वे किसी से नहीं लड़ते। किसी की दो बातें सुन लीं तो क्या बिगड़ता है !

झंझटों से दूर रहते हैं। एक मित्र ने, एक दिन कहा—"मास्टर एम. ए. कर डालो।"

वे बोले —"क्या करना है, इतना ही बहुत है।"

हर साल उनके वेतन में 3 रुपये की वृद्धि होती है। फ़रवरी की पहली तारीख़ को जब वे बढ़ा हुआ वेतन पाते हैं तो उन तीन रुपयों की मिठाई ले जाते हैं और पत्नी को देकर अमित सन्तोष से कहते हैं—"लो, बच्चों को खिला दो। तीन रुपये तरक्की हो गयी।"

पिछले वर्ष वेतन और नौकरी की शर्तों में सुधार के लिए शिक्षकों ने बड़ा आन्दोलन किया, जब कुछ लोग एन्. एल्. मास्टर के पास आये और उन्हें शिक्षक संघ का सदस्य बनाने को कहा, तो वे बोले—"भैया, हमें मत झंझट में डालो। आप ही लोग करो।" उनके बिना भी संगठन तो हुआ ही और एक दिन हड़ताल हो गयी। उनके अनेक साथी फाटक पर खड़े थे। एन्. एल्. मास्टर जब ठीक वक़्त पर फाटक पर पहुँचे तो वे हाथ जोड़कर बोले—"मास्टर साहब, हमारे पेट में लात मत मारिए।" मगर एन्. एल्. मास्टर बिना किसी की तरफ़ देखे, सीधे भीतर चले गये। वह झंझट में नहीं पड़ते।

उन्होंने लिखा भी है। एक बार एक स्थानीय दैनिक में उन्होंने पत्र छपाया था जिसमें नागरिकों से अपील की थी कि सार्वजनिक समारोहों में राष्ट्रगीत के समय सबको अविचल मौन खड़े हो जाना चाहिए। उसकी कटिंग उन्होंने हिफ़ाज़त से रख ली है। सन्तोष है कि उनके नाम से कुछ छपा भी है।

दाम्पत्य-जीवन सन्तोषमय है। पति-पत्नी में अच्छी पटती है। एक बार पड़ोसिन विधवा भाभी से मास्टर की घनिष्ठता बढ़ गयी थी। खिड़की से देखा-देखी भी होती थी, कभी-कभी वह उनके यहाँ जाकर बैठते भी थे। एक दिन पत्नी ने भाभी का हाथ अपने हाथ में लिये हुए, उनका भविष्य बतलाते देख लिया। रात को उसने मास्टर से कहा—"ज़रा सोचो तो। लोग क्या कहेंगे।' मास्टर के मन में बात गूँजती रही—'लोग क्या कहेंगे।' उन्होंने सोचा—'ठीक तो है। लोग क्या कहेंगे।' दूसरे दिन से उन्होंने भाभी की

तरफ़ देखा भी नहीं। एक दिन अनायास आमना-सामना हो जाने पर भाभी डबडबायी आँखों से बोलीं—"क्यों लाला, ऐसा ही नेह निभाया जाता है ?" मास्टर ने कहा—"ज़रा सोचो तो। लोग क्या कहेंगे।"

कुछ दिनों बाद किसी ने उनसे कहा कि आजकल बैंक का मैनेजर भाभी को मोटर में घुमाने ले जाता है। मास्टर ने सहज ही जवाब दिया—"ठीक है। समरथ को नहिं दोष गुसाई।"

एन्. एल्. मास्टर की ज़िन्दगी के कुछ नोट्स हैं ये : वह भूखे नहीं रहते, निर्वस्त्र नहीं रहते। भरा-पूरा परिवार है, अच्छी पत्नी है। न किसी से उधार लेते, न किसी को उधार देते हैं। शान्त प्रकृति हैं। उन्हें कोई कमी महसूस नहीं होती, कोई अभाव नहीं खटकता। उन्हें कोई चाह नहीं है।

वर्ष के बाद वर्ष ऐसे ही निकलते जा रहे हैं। प्रकृति बदलती है, मास्टर की ज़िन्दगी में एक ही मौसम है।

लोग कहते हैं—"एन्. एल्. मास्टर पूर्ण तृप्त आदमी हैं।"

मेरा मित्र तो उनपर मुग्ध है। कहता है—"ऐसा आदमी दुर्लभ है। दुनिया में निराशा, विकलता, पिपासा और कुण्ठा के पुतले ही देखने में आते हैं। तृप्त आदमी आउट-ऑफ़ स्टाक होता जाता है। एन्. एल्. मास्टर झरना है, रेगिस्तान का। उसे देख लेने से ऐसा लगता है कि जैसे तीर्थस्नान कर लिया हो। वह पूर्ण तृप्त आदमी है। उसे कोई भूख नहीं है।" और मुझे याद आता है कि पिछले साल जब मैं बीमार पड़ा था, तब मेरी भी भूख मर गयी थी, अच्छे से अच्छे पकवान मेरे सामने रखे रहते थे और मैं मुँह फेर लेता था।

हनुमान् की रेल-यात्रा

रामचन्द्र के पिता ज़मींदार थे। वे अयोध्या में रहते थे। ज़मींदारी ख़त्म होने पर वे ज़मीन और जंगल बेचकर पैसा लेकर दिल्ली बस गये। उन्होंने एक यज्ञ-कम्पनी खोली जिसमें 250 ब्राह्मण और 25 ऋषि काम करते थे, जो रामलीला की दाढ़ी-मूँछें लगाते थे। यह कम्पनी ऑर्डर पर भारत में कहीं भी यज्ञ करती थी। यज्ञों से देश समृद्ध होता है, यह मानकर सरकार कम्पनी को अनुदान देती थी।

रामचन्द्र की शिक्षा-दीक्षा दिल्ली में हुई। जब वे एम. ए. हुए तब उनके पिता और सौतेली माता में विवाद छिड़ा कि बेटे का भविष्य कैसा हो। पिता का मत था कि उसे यज्ञ-कम्पनी का डाइरेक्टर बना दिया जाये। सौतेली माता का हठ था कि उसे दिल्ली से दूर कहीं अच्छी नौकरी दिलवा दी जाये और यज्ञ-कम्पनी का डाइरेक्टर उनका सगा बेटा बने। हठ के सामने मत की नहीं चली। रामचन्द्र के पिता ने एक मन्त्री से, जो यज्ञ के प्रताप से ही मन्त्री हुए थे, रामचन्द्र को नौकरी देने के लिए कहा। उन्होंने रामचन्द्र को अफ़सर बनाकर नागपुर भेज दिया।

सौतेली माँ ने रामचन्द्र की शादी करके बहू को कुछ दिन के लिए अपने पास रख लिया। नियम है कि जो माँ बेटे को जितना प्यार करती है, बहू को उतना ही दुख देती है। रामचन्द्र को मद्रास में प्रिया के पत्र मिलते कि मुझे जल्दी बुला लो, वरना मेरी लाश पाओगे। सासजी पूरी राक्षसी हैं।

एक दिन रामचन्द्र ने अपने सेवकों को बुलाकर कहा—"तुम्हारी स्वामिनी जानकी दिल्ली में बड़े संकट में है। एक तो वह विरह की आग में जल रही है, दूसरे उसकी सास उसपर अत्याचार करती है। तुममें से कोई जाकर उसे ले आये।"

यह सुनकर सेवकों ने सिर नीचे कर लिये और वे चुप बैठे रहे।

रामचन्द्र ने कहा—"तुम बोलते क्यों नहीं ? उदास क्यों हो गये ? मालकिन के आने की ख़बर से घबराओ मत। जानकी बहुत अच्छे स्वभाव की है। नये आँकड़ों के अनुसार अफ़सर के घर में नौकर के टिकने की औसत अवधि एक महीना है। पर मैं विश्वास दिलाता हूँ कि जानकी तुम्हें 5-6 महीने निभा लेगी। उठो और उसे सादर लिवा लाओ।"

एक सयाना सेवक हाथ जोड़कर बोला—"मालिक, हमें मालकिन से डर नहीं है। हम दूसरी बात से चिन्तित हैं। बात यह है कि हम मालकिन को दिल्ली से नहीं ला सकेंगे। रेलगाड़ियों में इतनी भीड़ होती है कि हम कुचलकर या दम घुटकर मर जायेंगे। हम आपके काम के लिए जान दे सकते हैं पर जान देने से भी माता जानकी दिल्ली से नहीं आ सकतीं। आप तो जानते ही हैं कि दिल्ली में आदमी गाड़ी में बैठते हैं और मद्रास में लाशें उतरती हैं।"

यह सुनकर रामचन्द्र चिन्तित हो गये। बोले—"तुम्हारा कहना ठीक है। गाड़ियों में सचमुच बहुत भीड़ होती है। और क्यों न हो ? जितने डब्बे बनते हैं, उनसे कई गुने बैठनेवाले पैदा हो जाते हैं। पर यह समस्या जल्दी हल हो जायेगी। सरकार क़ानून बना रही है कि जो आदमी पाँच से ऊपर बच्चे पैदा करे, वह रेलगाड़ी का एक डब्बा बनाकर दे। पर तुम लोगों में से एक भी ऐसा वीर नहीं, जो दिल्ली जाकर मेरी प्रिया को ले आये ?"

सयाने ने कहा—"मालिक, दिल्ली तो बहुत दूर है। हममें से कितनों ही की बीवियाँ तीन-चार स्टेशन आगे पड़ी हैं और हम उन्हें नहीं ला सकते। हाँ, हममें एक ही ऐसा वीर है, जो आपका काम कर सकता है, वह 'हनुमान्' है।"

ड्राइवर जाम्बवन्तसिंह ने पास ही बैठे एक तगड़े नौकर के कन्धे पर हाथ रखकर कहा—"हनुमान् परशाद, तुम क्यों चुप हो ? तुम तो अतुलित बलशाली हो। तुमने बड़े-बड़े पराक्रम किये हैं। तुम नये 'बॉक्स ऑफ़िस' फ़िल्म के पहले 'शो' के टिकिट ख़रीदकर तिगुने दाम में बेचते हो। उठो और स्वामी का काम करो।"

सयाने के वचनों से हनुमान् को अपने बल का स्मरण हो आया। दूसरों की बीवियों की सेवा में दिलचस्पी लेना, उसकी पुरानी आदत थी। इसके लिए वह बड़ी दौड़-धूप करता था; समुद्र तक लाँघ जाता था। उसने चुटकी

बजाकर ज़ोर से जमुहाई ली और उठ खड़ा हुआ। हाथ जोड़कर वीर स्वर में कहने लगा—"मालिक, आपके हुक्म से मैं कुछ भी कर सकता हूँ। आप ऐसे प्रतापी अफ़सर हैं, जिसका हाथ बड़ा से बड़ा आडीटर नहीं पकड़ सकता। आप कहें तो मैं ग्रैण्ड ट्रंक एक्सप्रेस को उलट दूँ; 'चितरंजन' के इंजिन को चबा जाऊँ। आपकी कृपा के बल से मैं दिल्ली जानेवाली गाड़ी को ढकेलकर मद्रास ले आऊँ; पुल तोड़कर रेलगाड़ी को चाहे जहाँ रोक दूँ !"

हनुमान् के वचन सुनकर रामचन्द्र प्रसन्न हुए। वे बोले—"तुम्हारी बात से मैं सन्तुष्ट हुआ। मैं तुम्हारी तनख़्वाह बढ़ा दूँगा। तुम आज ही ग्रैण्ड ट्रंक एक्सप्रेस से चले जाओ।"

रामचन्द्र ने पिता के नाम एक चिट्ठी लिखकर दी जिसे हनुमान् ने तमाखू के बटुए में रख लिया। उसने कहा—"मालिक, दो अच्छर मालकिन के लिए भी लिख देते।" रामचन्द्र ने कहा— "लिखने से क्या होगा ! चिट्ठी उसके पास नहीं पहुँचेगी। पिताजी की मेरे प्रेम-पत्र पढ़ने की पुरानी आदत है। तुम तो जानकी को मेरा सन्देश ज़बानी दे देना। कहना कि साहब ने कहा है कि हे प्रिये, मैं तेरे विरह में कितना दुबला हो गया हूँ कि मैंने कल ही बेल्ट में कील से एक नया छेद किया है। मेरी हालत तो तू इसी से समझ जा।"

हनुमान् ने बिस्तर काँख में दबाया और स्टेशन पहुँच गया। टिकिट की खिड़की के सामने लम्बी क़तार लगी थी। हनुमान् खिड़की के पास के दो-तीन आदमियों को ढकेलकर वहाँ खड़ा हो गया। मुसाफ़िरों ने चिल्लाना शुरू किया—"आगे क्यों घुसता है !" धक्का-मुक्की होने लगी। हनुमान् ने ध्यान ही नहीं दिया। पर इसी समय पुलिसमैन आ गया। उसे देखते ही हनुमान् का बल क्षीण हो गया। बचपन में एक जुआरी के कहने से उसने एक पुलिसमैन को चबा लिया था, इसलिए उसे शाप मिला था कि पुलिसमैन को देखते ही तेरा बल क्षीण हो जायेगा। पुलिसमैन ने उसे हाथ पकड़कर घसीटा और क़तार में सबसे पीछे खड़ा कर दिया।

वह वहाँ खड़ा-खड़ा खिसकने लगा। उसे लगा कि मैं मांस का एक लोंदा हूँ, जो धीरे-धीरे लुढ़क रहा है। उसका होश जाता रहा।

अचानक उसके कानों में शब्द पड़े—"कहाँ का टिकिट चाहिए ?" उसने आँखें चलाकर टिकिट घर की दीवार पर देखा। वहाँ 23 तारीख की

तख्ती लगी थी। टिकिट बाबू से पूछा—"आज क्या 23 तारीख है ?" टिकिट बाबू ने सिर हिलाया। हनुमान् ने कहा—"पर मैं तो 21 तारीख़ की क़तार में खड़ा हुआ था। मुझे 21 तारीख़ की गाड़ी का एक टिकिट दिल्ली का चाहिए।"

बाबू ने कहा—"तुम क्या पागल हो ? 21 तारीख़ तो निकल गयी।"

हनुमान् बोला—"पर ग़लती मेरी है कि तुम्हारी ? मैं तो 21 की गाड़ी से ही जा रहा था। 23 हो गयी, तो मैं क्या करूँ ?"

पीछे से धक्के लगने लगे। पुलिसमैन फिर दिख गया। हनुमान् ने झट टिकिट ले लिया और प्लेटफ़ॉर्म पर पहुँच गया।

गाड़ी आयी। चढ़ने और उतरने वालों में लड़ाई होने लगी। चढ़नेवाले एक-दूसरे को कुचलकर चढ़ने की कोशिश करने लगे। हनुमान् उचका और भीड़ के सिर पर से खिसककर डब्बे में घुसने लगा। उसे उतरनेवालों का धक्का लगा और वह दूर जा गिरा। वह उठा और चढ़नेवालों को उठा-उठाकर फेंकने लगा। डब्बे के पास पहुँचा ही था कि किसी ने पीछे से टाँग खींच दी और वह औंधे मुँह गिर पड़ा।

हनुमान् ने दूसरे डब्बे में कोशिश की; फिर तीसरे में, चौथे में। वह कहीं भी नहीं घुस सका।

वह ग्लानि से जल रहा था। सोचता, "धिक्कार है मेरे बल को। मैं गाड़ी में नहीं बैठ सकता। हाय, मैं मालिक का इतना-सा काम नहीं कर सका। माता जानकी क्या कभी भी पति के पास नहीं आ सकेंगी ?"

वह प्लेटफ़ॉर्म से निकला और लाइन के साथ-साथ आगे बढ़ने लगा।

थोड़ी देर बाद रामचन्द्र रेलवे लाइन के पास की सड़क से घूमते हुए निकले। उन्होंने देखा कि ग्रैण्ड ट्रंक रुक गयी है और सीटी दे रही है।

ऊपर चढ़े तो देखा कि हनुमान् पाँत पर लेटे हैं। उन्होंने उसे जल्दी उठाया और कहा—"तुम अभी यहीं हो ! दिल्ली नहीं गये ! क्या किसी ने जेब काट ली ? इस तरह पाँत पर क्यों लेटे हो ?"

हनुमान् की आँखों से आँसू टपकने लगे। कहने लगा—"मालिक, मुझे मर जाने दीजिए। मैं गाड़ी में नहीं बैठ सका। मेरे बल को धिक्कार है। जिस गाड़ी ने मुझे ऊपर नहीं बिठाया, मैं उसके नीचे बैठकर प्राण त्याग दूँगा।"

मुण्डन

किसी देश की संसद् में एक दिन बड़ी हलचल मची। हलचल का कारण कोई राजनीतिक समस्या नहीं थी, बल्कि यह था कि एक मन्त्री का अचानक मुण्डन हो गया था। कल तक उनके सिर पर लम्बे घुँघराले बाल थे, मगर रात में उनका अचानक मुण्डन हो गया था।

सदस्यों में कानाफूसी हो रही थी कि इन्हें क्या हो गया है। अटकलें लगने लगीं। किसी ने कहा —"शायद सिर में जूँ हो गयी हों।" दूसरे ने कहा—"शायद दिमाग़ में विचार भरने के लिए बालों का परदा अलग कर दिया हो।" किसी और ने कहा—"शायद इनके परिवार में किसी की मौत हो गयी।" पर वे पहले की तरह प्रसन्न लग रहे थे।

आखिर एक सदस्य ने पूछा—"अध्यक्ष महोदय ! क्या मैं जान सकता हूँ कि माननीय मन्त्री महोदय के परिवार में क्या किसी की मृत्यु हो गयी है ?"

मन्त्री ने जवाब दिया—"नहीं।"

सदस्यों ने अटकल लगायी कि कहीं उन लोगों ने ही तो मन्त्री का मुण्डन नहीं कर दिया, जिनके खिलाफ़ वे बिल पेश करने का इरादा कर रहे थे।

एक सदस्य ने पूछा—"अध्यक्ष महोदय ! क्या माननीय मन्त्री को मालूम है कि उनका मुण्डन हो गया है ? यदि हाँ तो क्या वे बतायेंगे कि उनका मुण्डन किसने कर दिया है ?"

मन्त्री ने संजीदगी से जवाब दिया—"मैं नहीं कह सकता कि मेरा मुण्डन हुआ है या नहीं !"

कई सदस्य चिल्लाये—"हुआ है ! सबको दिख रहा है।"

मन्त्री ने कहा—"सबको दिखने से कुछ नहीं होता। सरकार को दिखना चाहिए। सरकार इस बात की जाँच करेगी कि मेरा मुण्डन हुआ है या नहीं।"

एक सदस्य ने कहा—"इसकी जाँच अभी हो सकती है। मन्त्री महोदय अपना हाथ सिर पर फेरकर देख लें।"

मन्त्री ने जवाब दिया—"मैं अपना हाथ सिर पर फेरकर हरगिज़ नहीं देखूँगा। सरकार इस मामले में जल्दबाज़ी नहीं करती। मगर मैं वायदा करता हूँ कि मेरी सरकार इस बात की विस्तृत जाँच करवाकर सारे तथ्य सदन के सामने पेश करेगी।"

सदस्य चिल्लाये—"इसकी जाँच की क्या ज़रूरत है ? सिर आपका है और हाथ भी आपके हैं। अपने ही हाथ को अपने सिर पर फेरने में मन्त्री महोदय को क्या आपत्ति है ?"

मन्त्री बोले—"मैं सदस्यों से सहमत हूँ कि सिर मेरा है और हाथ भी मेरे हैं। मगर हमारे हाथ परम्पराओं और नीतियों से बँधे हैं। मैं अपने सिर पर हाथ फेरने के लिए स्वतन्त्र नहीं हूँ। सरकार की एक नियमित कार्य-प्रणाली होती है। विरोधी सदस्यों के दबाव में आकर मैं उस प्रणाली को भंग नहीं कर सकता। मैं सदन में इस सम्बन्ध में एक वक्तव्य दूँगा।"

शाम को मन्त्री महोदय ने सदन में वक्तव्य दिया—

"अध्यक्ष महोदय ! सदन में यह प्रश्न उठाया गया कि मेरा मुण्डन हुआ है या नहीं ? यदि हुआ है, तो किसने किया है ? ये प्रश्न बहुत जटिल हैं। और इसपर सरकार जल्दबाज़ी में कोई निर्णय नहीं दे सकती। मैं नहीं कह सकता कि मेरा मुण्डन हुआ है या नहीं। जबतक पूरी जाँच न हो जाये, सरकार इस सम्बन्ध में कुछ नहीं कह सकती। हमारी सरकार तीन व्यक्तियों की एक जाँच समिति नियुक्त करती है, जो इस बात की जाँच करेगी। जाँच समिति की रिपोर्ट मैं सदन में पेश करूँगा।"

सदस्यों ने कहा—"यह मामला कुतुबमीनार का नहीं जो सदियों जाँच के लिए खड़ी रहेगी। यह आपके बालों का मामला है, जो बढ़ते और कटते रहते हैं। इसका निर्णय तुरन्त होना चाहिए।"

मन्त्री ने जवाब दिया—"कुतुबमीनार से हमारे बालों की तुलना करके उनका अपमान करने का अधिकार सदस्यों को नहीं है। जहाँ तक मूल

समस्या का सम्बन्ध है, सरकार जाँच के पहले कुछ नहीं कह सकती।''

जाँच समिति सालों जाँच करती रही। इधर मन्त्री के सिर पर बाल बढ़ते रहे।

एक दिन मन्त्री ने जाँच समिति की रिपोर्ट सदन के सामने रख दी।

जाँच समिति का निर्णय था कि मन्त्री का मुण्डन नहीं हुआ।

सत्ताधारी दल के सदस्यों ने इसका स्वागत हर्षध्वनि से किया।

सदन के दूसरे भाग से 'शर्म-शर्म' की आवाज़ें उठीं। एतराज़ उठे—''यह एकदम झूठ है। मन्त्री का मुण्डन हुआ था।''

मन्त्री मुसकराते हुए उठे और बोले—''यह आपका ख़याल हो सकता है। मगर प्रमाण तो चाहिए। आज भी अगर आप प्रमाण दे दें तो मैं आपकी बात मान लेता हूँ।''

ऐसा कहकर उन्होंने अपने घुँघराले बालों पर हाथ फेरा और सदन दूसरे मसले सुलझाने में व्यस्त हो गया।

आत्म-ज्ञान क्लब

मैं भी एक बार आत्म-ज्ञानियों के चक्कर में पड़ गया था।

मैं तब चन्द्रा साहब, रिटायर्ड इंजीनियर की चाल में किराये पर रहता था।

एक शाम वह मुझे पैदल सिविल लाइन्स की सड़क पर चलते मिल गये। मैंने 'नमस्ते' के बाद वही निरर्थक प्रश्न किया, जो हम उनसे करते हैं, जिनसे ज़्यादा बात नहीं करना चाहते—

"कहिए, कहाँ जा रहे हैं ?"

चन्द्रा साहब रुक गये। बड़ी रहस्य-भरी मुसकान धारण करके बोले—"तुम नहीं जानते ? आज शनिवार है न !"

शनिवार को ये कहाँ जाते हैं—मैं सोचने लगा। जहाँ भी जाते हों, इनका जाना इतना महत्त्वपूर्ण और मशहूर है कि इनके किरायेदारों को तो उसकी जानकारी होनी ही चाहिए। मैंने बहुत अनुमान लगाकर डरते-डरते कहा—"हनुमान्‌जी के दर्शन करने जा रहे होंगे।"

चन्द्रा साहब मेरे अज्ञान पर करुणा से मुसकराये, फिर रहस्य खोलने लगे—"अरे भाई, हर शनिवार को 'आत्म-ज्ञान क्लब' की साधना-बैठक होती है न ! ठेकेदार सम्पूरनदास के बँगले पर ! वहाँ जा रहा हूँ।"

मुझे सब कुछ याद आ गया। अख़बारों में अकसर समाचार छपता है। मुझे मालूम नहीं था कि चन्द्रा साहब भी आत्म-ज्ञान क्लब के सदस्य हैं।

वह बोले—"तुम भी आया करो।"

मैंने पूछा—"वहाँ क्या होता है ?"

उन्होंने समझाया—"वहाँ आत्म-ज्ञान की साधना होती है। चिन्तन, मनन, ध्यान और चर्चा होती है।"

मैंने पूछा—"किसके बारे में ?"

वह बोले—"आत्मा के बारे में। मनुष्य अपने को नहीं जानता। हम नहीं जानते कि हम कौन हैं। अपने सच्चे स्वरूप को पहचानना बहुत कठिन है। हम साधना से यही जानना चाहते हैं कि मैं कौन हूँ ? मेरा सच्चा स्वरूप क्या है ?"

मैंने फिर पूछा—"इससे क्या फ़ायदा होता है ?"

वह मेरी बेवक़ूफ़ी पर हँसकर बोले—"तुम तो आत्म-ज्ञान में भी फ़ायदा-नुक़सान देखते हो। अरे, अपने को पहचानना कोई मामूली बात है ? जीवन का यही परम ध्येय है। इस ज्ञान के बाद आदमी माया से छूट जाता है। कभी आओ। अरे, कुछ परमार्थ की तरफ़ भी तो झुको। माया में कब तक फँसे रहोगे ?"

मैंने उनसे आने का वादा किया। चलते-चलते उन्होंने कहा—"आज तीन तारीख़ हो गयी, तुमने किराया नहीं दिया।"

मैंने कहा—"एक-दो दिन में दे दूँगा। इस माह तनख़्वाह देर से मिल रही है।"

चन्द्रा साहब ने मुँह को भरसक बिगाड़कर कहा—"तनखाह तुम्हारी कभी भी मिले, किराया मुझे पहली को मिल जाना चाहिए। समझे ?"

वह छड़ी टेकते हुए परमार्थ-साधना के लिए बढ़े और मैं किराया जुटाने की माया में फँसा घर लौटा।

उन्होंने एक-दो बार और आत्म-ज्ञान क्लब में आने के लिए कहा। मेरे बग़ल के हिस्से में जितेन्द्र रहता था। वह मेरे साथ काम करता था और मेरा मित्र भी था। उससे भी चन्द्रा साहब ने आने के लिए आग्रह किया था।

मैंने उससे कहा—"यार, वह कई बार कह चुके हैं। न जायेंगे तो बुरा मानेंगे।"

वह बोला—"पर वहाँ करेंगे क्या ? हम तो यों ही आत्म-ज्ञानी हैं। हम जानते हैं कि हम स्कूल-मास्टर हैं और पढ़ाकर पेट भरते हैं। यही अपना सच्चा स्वरूप है।"

मुझपर चन्द्रा साहब की बातों का कुछ असर था। मैंने कहा—"यह आत्म-ज्ञान नहीं है। वह बड़ी साधना के बाद प्राप्त होता है। चलो न एक

दिन।"

एक शनिवार की शाम को हम लोग ठेकेदार सम्पूरनदास के बँगले पर पहुँचे। फाटक में घुसते ही कुत्ता भौंककर दौड़ा। हम ठिठक गये। जितेन्द्र ने कहा—"हर कुत्ता जन्म से ही आत्म-ज्ञानी होता है। वह जानता है कि मैं कुत्ता हूँ और मेरा काम भौंकना है। कई लोग अपने कुत्ते को 'टाइगर' कहते हैं, पर कुत्ता अपने को कभी शेर नहीं समझता। वह अपने सच्चे स्वरूप को पहचानता है।"

मैंने कहा—"नहीं, ऐसा नहीं है। आत्म-ज्ञान जीवधारियों में सिर्फ़ मनुष्यों को प्राप्त होता है और कुत्ता मनुष्य के बहुत पास रहता है, इसलिए थोड़ा आत्म-ज्ञान उसे भी हो जाता है। तुम देखते नहीं हो, इसके भौंकने में कुछ पवित्रता है जो और कुत्तों के भौंकने में नहीं होती। यह आत्मज्ञान-साधकों की संगति में रहता है न। यह किसी को काट ले तो उस आदमी की भी आत्मा प्रकट हो जाये।"

चन्द्रा साहब और ठेकेदार सम्पूरनदास बरामदे में आ गये और उन्होंने कुत्ते को बुला लिया। हम लोग जन्मजात आत्म-ज्ञानी के काटने से बच गये।

हम लोग कमरे में गये। वहाँ दस-बारह आदमी सोफ़े और आराम कुरसियों पर बैठे थे। हमें साधारण कुरसियाँ दे दी गयीं क्योंकि हम किरायेदार थे।

मैंने उन साधकों पर नज़र घुमायी। इनमें से कई को मैं अलग-अलग जानता था, पर मुझे नहीं मालूम था कि इन लोगों ने मिलकर आत्म-ज्ञान क्लब बना लिया है। चन्द्रा साहब और सम्पूरनदास की आत्माओं के तो सम्बन्ध पिछले पचीस-तीस वर्षों से चले आ रहे थे। चन्द्रा साहब ठेकेदार सम्पूरनदास को ठेके दिया करते थे और कुछ ऐसा चमत्कार होता था कि हर इमारत या पुल में से चन्द्रा साहब का एक मकान पैदा हो जाता था। छोटी इमारत होती, तो किसी मकान का गुसलख़ाना ही उसमें से निकल आता था। रिटायर होते-होते चन्द्रा साहब के कई मकान हो गये थे, जो किराये पर चल रहे थे। उनके बैंक के खाते में भी जब-तब हलचल होती रहती थी।

वहाँ सेवक जी भी बैठे थे, जो बड़े पुराने नेता थे। लोगों ने हल्ला कर रखा था कि वह दो-तीन चुनाव हार गये थे और उन्हें आत्म-ज्ञान की सख़्त

ज़रूरत पड़ गयी थी।

एक प्रोफ़ेसर साहब भाई थे। उन्होंने दाढ़ी बढ़ा रखी थी। ऊँची धोती और नीचा कुरता पहनते थे। वह ठण्ड की रातों में बग़ीचे में उघाड़े घूमते थे। पिछले साल सरकस देखकर जब हम लौटते, तो बग़ीचे में थोड़ी देर रुककर प्रोफ़ेसर साहब को भी देखते। जितेन्द्र का कहना था कि सरकस में जो कुएँ में मोटर साइकिल चलाता है, वह भी ठण्ड में ऐसे नहीं घूम सकता। वह पैंतीस वर्ष की अवस्था में भी अविवाहित थे।

वहाँ एडवोकेट शुक्ला भी थे, जिनकी दो बिन-ब्याही जवान लड़कियाँ थीं। जिसकी बिन-ब्याही लड़कियाँ हों, उसे आत्म-ज्ञान की यों ही ज़रूरत है। सुना था कि बड़ी लड़की की शादी वह प्रोफ़ेसर से करने की कोशिश में थे। चन्द्रा साहब ने कह दिया था कि वह प्रोफ़ेसर को तैयार कर देंगे। शुक्ला का ध्यान प्रोफ़ेसर की आत्मा की अपेक्षा उनके शरीर पर अधिक था। सोचते होंगे कि किस शुभ दिन यह दाढ़ी मुड़ेगी।

इन लोगों के सिवा वहाँ दो-तीन व्यापारी और एक-दो रिटायर्ड अफ़सर लोग थे।

कमरे में ऊदबत्ती जल रही थी। टेबिल पर एक बड़ा चित्र रखा था—जैसे कंकाल का, जैसा स्पिरिट की बोतल पर बना रहता है। नीचे लिखा था—"आत्मा।" टेबिल पर फूल रखे थे।

कॉफ़ी की चुसकी पीते हुए नेताओं ने कहा—"हाँ तो मैं कह रहा था कि जनता का नैतिक स्तर बहुत गिर गया है। पहले जनता के मन में विश्वास था, पर अब वह विश्वास हट गया है। गाँधीजी करोड़ों रुपये का चन्दा इकट्ठा करते थे, पर कोई हिसाब नहीं पूछता था। पर अब तो पाँच-दस हज़ार का भी लोग हिसाब माँगते हैं। जिस जाति के हृदय से विश्वास उठ जाये, उसका पतन अवश्य होता है।" जाति के पतन से दुखी हो, उन्होंने गरदन झुका ली।

सहसा प्रोफ़ेसर उठे और आँखें बन्द करके, हाथ जोड़कर ऊँचे स्वर में बोले—

"आत्मा वा अरे द्रष्टव्यः श्रोतव्यः मन्तव्यः निदिध्यासितव्यश्च !"

सब शान्त हो गये। आँखें मूँद लीं।

प्रोफ़ेसर ने तीन बार कहा—"मैं कौन हूँ ? मेरा सच्चा स्वरूप क्या है ? दूसरों ने प्रश्नों को दुहराया और मग्न हो गये। हमने भी देखा-देखी की।

प्रोफ़ेसर ने आँखें खोलीं, तो सबने खोल लीं। इसका मतलब है कि सब एक आँख आधी खोलकर देख रहे थे कि कब प्रोफ़ेसर आँखें खोलें।

चर्चा शुरू हुई। प्रोफ़ेसर ने शुरू किया—"आदिकाल से मनुष्य के मन में ये प्रश्न गूँज रहे हैं —मैं कौन हूँ ? मेरा सच्चा स्वरूप क्या है ? मनुष्य अपने को जानना चाहता है…"

इसी समय एक आदमी ने आकर ठेकेदार से कहा कि लड़के की तबीयत ज़्यादा ख़राब हो गयी, डॉक्टर को फ़ोन कर लेने दीजिए।

ठेकेदार को ग़ुस्सा आ गया। बोला—"वक़्त-बेवक़्त नही देखते, फ़ोन करने आ जाते हैं, ले क्यों नहीं आते डॉक्टर को ?"

घबराये हुए आदमी ने जवाब दिया कि जाने में देर लगेगी, फ़ोन कर देने से वह अपनी कार पर फ़ौरन आ जायेंगे।

ठेकेदार ने उसे दस बातें और सुनायीं।

पर उसे फ़ोन कर लेने दिया। मगर उसके बाद चर्चा हो ही नहीं पायी। यों घण्टे-भर य़ह चर्चा अवश्य होती रही कि पड़ोसी कितना तंग करते हैं। सब पड़ोसियों से सताये हुए थे।

उस दिन बैठक बड़े दुख के साथ ख़त्म हुई। वे लोग दुखी थे कि आत्म-ज्ञान की उपलब्धि एक हफ़्ता और टल गयी।

दूसरे शनिवार को फिर साधना में बाधा आयी।

मैं कौन हूँ ? मेरा सच्चा स्वरूप क्या है ? इन प्रश्नों के बाद ध्यान के बीच में ही ठेकेदार बोल उठा—"आज चन्द्रा साहब का मूड कुछ ख़राब मालूम होता है।"

सबने आँखें खोल दीं। सब चन्द्रा साहब को ऐसे ध्यान से देखने लगे, जैसे वही सबकी आत्मा हों।

चन्द्रा साहब ने कहा—"क्या बतायें। सांसारिक दुख छोड़ते नहीं। माया-जाल है। आदमी आदमी को दुख देता है।"

वह रुआँसे हो गये।

सबको चिन्ता हुई। एडवोकेट शुक्ला ने पूछा—"आख़िर हुआ क्या

चन्द्रा साहब ?''

चन्द्रा साहब ने कहा—''एक किरायेदार के मकान में लगा हाथ का पम्प ख़राब हो गया था। मैंने कह दिया था कि मैं सुभीते से ठीक करा दूँगा। पर उसने तो नया 'वाशर' लगवा लिया और दस रुपये किराये में से काटने लगा। मैंने ऐतराज़ किया, तो कहने लगा कि क्या हम प्यासे मरें। भला बताइए, है न धाँधली। मैं तो उसे ठीक कराता ही। अगर तुम्हें जल्दी है तो तुम अपने खरचे से नल ठीक कराओ।''

चन्द्रा साहब से सबको सहानुभूति हुई। एडवोकेट साहब को ग़ुस्सा भी आया। कहा—''मैं उसे दस दिन में मकान से निकलवा दूँगा। कल ही 'इजेक्टमेण्ट' कार्रवाई करता हूँ।

उन्होंने चन्द्रा साहब के मुख पर सन्तोष पढ़ना चाहा। चन्द्रा साहब ने आशा दिलायी थी कि लड़की की शादी प्रोफ़ेसर से करा दूँगा। प्रोफ़ेसर ने दार्शनिक दृष्टि से कहा—''वास्तव में मकान-मालिक का दरजा ईश्वर के पास ही है। ईश्वर ने सृष्टि रची, पृथ्वी बनायी, आकाश बनाया लेकिन मकान नहीं बनाये। मनुष्य पृथ्वी पर खुले आकाश के नीचे तो रह नहीं सकता था। तब मकान-मालिकों ने मनुष्यों के रहने के लिए मकान बनाये। जो किराये के लिए मकान बनवाते हैं, वे ईश्वर के समान ही पूज्य हैं। पर इस बात को बहुत कम किरायेदार समझते हैं।''

उसने भी चन्द्रा साहब की तरफ़ आशा से देखा कि अब वह प्रसन्न हो गये होंगे।

चन्द्रा साहब कुछ प्रसन्न तो हुए, पर आत्मा की चर्चा करने के लिए उनका मन तैयार नहीं हुआ।

सभी उदासी में डूबे रहे। बड़ी देर तक किरायेदारों की दुष्टता की चर्चा होती रही। आत्म-ज्ञान की प्राप्ति एक हफ्ते और टल गयी।

मैं और जितेन्द्र लगभग हर शनिवार को साधना में शामिल होने लगे। प्रोफ़ेसर दाढ़ी में तेल चुपड़ने लगा था। इसे देखकर एडवोकेट शुक्ला बहुत आशावान् हो गये थे।

फिर एकाएक मेरा तबादला हो गया। आत्म-ज्ञान की साधना वहीं छूट गयी।

अभी दो साल बाद मुझे जितेन्द्र मिला। मैंने पूछा—"आत्म-ज्ञान-साधकों के क्या हाल हैं ?"

जितेन्द्र ने कहा—"उनकी साधना सफल हो गयी। उन्हें आत्म-ज्ञान हो गया।"

मैंने कहा—"आत्म-ज्ञान हो गया ? फिर उन सबके क्या हाल हैं ?"

जितेन्द्र ने बताया—"उनके अलग-अलग हाल हैं। चन्द्रा साहब, सम्पूरनदास और नेताजी पागलखाने में हैं। प्रोफ़ेसर ने शादी कर ली है। वे दोनों सेठ जेल में हैं।"

मैंने कहा—"अरे, यह कैसे हुआ ?"

जितेन्द्र ने बताया—"एक दिन जब उनकी साधना चरम बिन्दु पर पहुँची और उन्होंने ध्यान करके प्रश्न किये—'मैं कौन हूँ ? मेरा सच्चा स्वरूप क्या है ?' तो आत्मा से आवाज़ें आने लगीं।"

चन्द्रा साहब की आत्मा से आवाज़ आयी—'मैं बेईमान हूँ। मैं घूसखोर हूँ।'

सम्पूरनदास की आत्मा से आवाज़ आयी—'मैं चोर हूँ। मैं बेईमान हूँ।'

नेताजी की आत्मा से आवाज़ आयी—'मैं पाखण्डी हूँ। मैं नीच हूँ।'

दोनों सेठों की आत्माओं से आवाज़ आयी—'मैं इनकमटैक्स चोर हूँ। मैं दो हिसाब रखनेवाला हूँ।'

सबकी जागृत आत्मा से निरन्तर ये आवाज़ें आने लगीं और वे सड़कों पर चिल्लाते घूमने लगे —'मैं चोर हूँ। मैं बेईमान हूँ। मैं पाखण्डी हूँ...'

आखिर चन्द्रा साहब, सम्पूरनदास और नेताजी तो पागलखाने भेजे गये और दोनों सेठ जेल में हैं।

प्रोफ़ेसर ने जब आत्मा से पूछा—'मैं कौन हूँ ? मेरा सच्चा स्वरूप क्या है ?' तो जवाब आया —'मैं नर हूँ, मुझे मादा चाहिए।' उसने एडवोकेट शुक्ला की बड़ी लड़की से शादी कर ली। शुक्ला की आत्मा से कोई आवाज़ नहीं आयी, क्योंकि वह आत्म-ज्ञान के लिए नहीं आता था, लड़की की शादी जमाने आता था।"

आत्म-ज्ञान बेचारों को ले डूबा। मेरा तबादला न होता, तो मैं भी उन साधकों के चक्कर में पड़ जाता। तब न जाने क्या होता !

गाँधीजी का शाल

चार दिन हो गये, पर शाल का पता नहीं लगा। सेवकजी ने रेलवे स्टेशन पर पूछताछ की, डब्बे में साथ बैठे एक परिचित यात्री से पूछा, पर कोई खोज नहीं मिली। चुपचाप जितना पता लगा सकते थे, लगा लिया। पुलिस में रिपोर्ट करने और अख़बार में विज्ञप्ति छपाने की बात मन में उठी थी, पर सेवकजी ने सोचा कि वह गाँधीजी का दिया हुआ पवित्र शाल था, उसे पुलिस और अख़बारी मामलों में फँसाने से उसकी पवित्रता नष्ट होगी। कोई चाबियों का गुच्छा या सूटकेस तो था नहीं। पूज्य गाँधीजी का शाल था।

सेवकजी रोज़ की तरह दरवाज़े के बीच कुरसी लगाकर बैठे थे। गोद में मुड़ा हुआ अख़बार पड़ा था। बार-बार चश्मा निकालते, धोती से पोंछकर फिर लगा लेते, पर पढ़ते कुछ नहीं। सोच रहे थे, सोच-सोचकर आह भर रहे थे और आह भरकर कहीं शून्य में देख रहे थे। सड़क पर से कितने ही परिचित निकल गये। सेवकजी ने किसी को नहीं बुलाया। और दिन होता तो वे परिचित को देखते ही वहीं से बैठे-बैठे, 'जय-हिन्द' उछालकर उसे रोकते। बड़ी चौड़ी मुसकान धारण करके उसके पास जाते, उसका हाथ पकड़ लेते और घोर आत्मीयता से कहते—"ऐसा नहीं हो सकता। आप बिना चाय पिये नहीं जा सकते।" पकड़कर भीतर ले जाते, चाय मँगाते, आलमारी में से एक फ़ाइल निकालते, जिसमें अख़बारी कतरनें लगी थीं, जिसमें किसी भी सन्दर्भ में उनका नाम छपा था। इनमें वह कतरन भी थी, जिसमें उनके बचपन में खो जाने पर पिता ने उनकी खोज के लिए विज्ञप्ति छपायी थी। एक-एक कर सब कतरनें वे बताते और बीच-बीच में अपनी राष्ट्र और समाज-सेवाओं का उल्लेख करते जाते। वे बतलाते; किस सन् में किस नेता के साथ वे किस

जेल में थे और उसने इनसे कब क्या कहा था ? लगता कि उनके दिमाग़ में भी फ़ाइलें खुली हैं, जिनमें सिलसिलेवार सब तथ्य नत्थी हैं। परिचित उठने का उपक्रम करता, तो सेवकजी आग्रह से उसका हाथ पकड़कर कहते—"बस ! एक मिनट और। मैं आपको अपने जीवन की सबसे मूल्यवान्, सबसे पवित्र वस्तु बतलाता हूँ।" वे अलमारी में से तह किया हुआ एक हलके नीले रंग का शाल निकालते और आरती के थाल की तरह सामने करके भाव-विभोर हो कहते—"यह शाल मुझे पूज्य गाँधीजी ने दिया था। मेरे विवाह में वे स्वयं आशीर्वाद देने आये थे। हम दोनों के सिरों पर हाथ रखकर मुझसे बोले—'तू मेरा बेटा नहीं, यह मेरी बेटी है।' खिलखिलाकर हँस पड़े बापू और यह शाल हम दोनों को उढ़ा दिया। आज वे नहीं हैं···" वे आँख बन्द कर लेते और भाव-तल्लीन हो जाते। परिचित अगर समझदार होता, तो इस स्थिति का लाभ उठाकर बिना 'जय हिन्द' किये ही झटपट निकल भागता। कोई परिचित उस सड़क से बिना उन कतरनों और उस शाल को देखे, निकल नहीं सकता था। आज चार दिनों से लोग बेखटके निकल रहे थे। सेवकजी उन्हें नहीं छेड़ते थे। सोचते—उस घर में अब किसको क्या बुलायें, जिसकी श्री ही चली गयी है।

टाउन हॉल में शाम को सभा की घोषणा करता हुआ लाउड-स्पीकर लगा ताँगा निकला। सेवकजी के मन में उमंग उठी, फुरफरी आ गयी। वे उठकर खड़े हो गये। दूसरे ही क्षण सोचा—'कैसे जाऊँ ? शाल जो खो गया।' पिछले कितने ही वर्षों से उनसे कोई सभा नहीं छूटी थी। हर सभा में वे गाँधीजी का शाल ओढ़कर पहुँच जाते। मंच पर बैठते और अन्तिम वक्ता के बाद खड़े होकर कहते—"मुझे भी इस विषय पर दो शब्द कहने हैं।" माइक पकड़कर वे बोलने लगते —"···मैंने जो कुछ भी सीखा है; पूज्य गाँधीजी के चरणों में बैठकर। वे मुझे पुत्रवत् स्नेह करते थे। मेरे विवाह में वे स्वयं आशीर्वाद देने आये। हम दोनों के सिरों पर हाथ रखकर मुझसे कहने लगे—'तू मेरा बेटा नहीं, यह मेरी बेटी है।' खिलखिलाकर हँस पड़े बापू और यह शाल हमें उढ़ा दिया। यह आशीर्वाद है। मेरे जीवन की सबसे मूल्यवान, सबसे पवित्र निधि है।" सभा होती; तो लोग जानते थे कि सेवकजी अवश्य आयेंगे और शाल के बारे में बताकर बैठ जायेंगे। एक सभा में वे इस विषय

पर आ ही रहे थे कि सभापति ने घण्टी बजा दी। हड़बड़ाकर बैठने लगे। तभी किसी मसखरे ने आवाज़ लगायी—"सेवकजी ! आप शाल के बारे में बताना भूल गये !" लोग हँस पड़े। पर सेवकजी ने सहज भाव से कहा—"जब प्रसंग उठाया ही गया है, तो बताना मेरा धर्म है। यह शाल मुझे पूज्य गाँधी जी ने...."

शाल काफ़ी पुराना हो गया था; जगह-जगह से फट गया था; छेद हो गये थे। पर सेवकजी उसे अभेद्य कवच की तरह धारण करते थे। उसे ओढ़कर अपने को अजेय अनुभव करते थे। शाल से उनकी इज़्ज़त थी, प्रतिष्ठा थी। शाल उनके जीवन की एकमात्र शक्ति थी। वही शाल रेल में खो गया। सेवकजी सभाओं-समारोहों की घोषणाएँ सुनते और मन मसोसकर रह जाते। कल ही श्रम-मन्त्री आये थे। उनकी सभा में बोलना सेवकजी को ज़रूरी लगा था, पर शाल बिना वे सत्त्वहीन हो गये थे। किसी ने कहा था—"सेवकजी ! आजकल आप सभाओं में नहीं दिखते।" सेवकजी ने घोर निराशा से ज़वाब दिया—"बस भई ! बहुत हो गया। अब हम सार्वजनिक जीवन से संन्यास लेंगे।" आज उन्हें लग रहा था कि संन्यास नहीं लिया जा सकता। ऐसे तो जिया भी नहीं जा सकता। जीवन की निरर्थकता का बोध बड़ी तीव्रता से उन्हें हो रहा था। जीवन रीता हो गया, प्रयोजनहीन हो गया।

सेवकजी उस पीढ़ी के थे, जिसने जवानी के आरम्भ में निश्चय लिया था कि जीवन-भर देश की स्वतन्त्रता के लिए संग्राम करेंगे। पर स्वतन्त्रता पहले आ गयी, जीवन शेष रहा। अब क्या करें ? यह तो सोचा ही नहीं था कि स्वतन्त्रता-प्राप्ति के बाद क्या करेंगे ? जिन्होंने सोच लिया था और योजना भी बना ली थी, वे सरकार चलाने लगे। कुछ विरोधी दलों में शामिल हो गये। लेकिन जो चुनाव लड़कर भी जीत नहीं सके और सरकार में नहीं जा सके, वे बड़ी उलझन में पड़ गये। वे हारे हुए थे। हारा हुआ राजा रनिवास में जाता था; हारा हुआ नेता अध्यात्म में जाता है।

सेवकजी भी अध्यात्म में गये, पर वहाँ मन नहीं लगा। 24-30 वर्षों का सार्वजनिक जीवन; स्वतन्त्रता संग्राम के ज़माने की वे भीड़ें, नारों पर करतल ध्वनियाँ, उद्गारों पर जयजयकार 'महात्मा गाँधी की जय', 'इन्कलाब ज़िन्दाबाद' के दम पर वे पुष्पहार, वे आरतियाँ ! ये स्मृतियाँ उन्हें उसी तरह

पीड़ित करतीं, जिस तरह तपस्वी को विलास की स्मृतियाँ। वे लौट आये। हर सभा-समारोहों में वे शामिल होने लगे, लोगों को कतरनें बताने और संस्मरण सुनाने लगे और पुराने जेल-साथी और अब शासक बने लोगों के पास शाल ओढ़कर जाकर जिस-तिस का काम सिद्ध करवाने लगे। इस तरह दिन कट जाता और अपनी सार्थकता का बोध भी बना रहता।

पर अब क्या करें ? वे पूरे ज़ोर से सोच रहे थे। शाल जीवन-शक्ति ही ले गया। अब किसलिए जियें ? जियें, तो करें क्या ? ऐसे जीने से मर जाना अच्छा ! पर वे मरे नहीं। एक विचार उनके मन में सहसा आया और उसके आवेग से वे खड़े हो गये। चप्पल पहनी और दूर सदर के कोने में कपड़ों की एक दुकान पर गये। शाल निकलवाये और हलके नीले रंग के एक शाल की क़ीमत पूछी। मन में शंका उठी—क्या यह मिथ्याचार नहीं है ? समाधान कर लिया—वस्तु सत्य नहीं है, भावना सत्य है। शाल ख़रीदकर सेवकजी घर आये। अब समस्या खड़ी हुई—इसका नयापन कैसे मिटे ? सेवकजी ने उसे पानी में डुबाकर सुखाया, उससे फ़र्श साफ़ किया, दो-तीन दिन उसे ओढ़कर सोते रहे। तरह-तरह के अत्याचार से उसकी चमक कुछ कम हो गयी। सेवकजी ने उसकी तहें करके उसे पुराने शाल के स्थान पर रख दिया। अब मन कुछ हलका हो गया, प्रफुल्लता लौट रही थी, पर ज्यों ही वे प्रसन्न होते, आशंका कूद पड़ती—कहीं लोग समझ न जायें ? वे किसी तरह आशंका को शान्त करते कि ग्लानि सिर उठाती—यह मिथ्याचार है। वे ग्लानि को पुकारते—वस्तु सत्य नहीं है, भावना सत्य है।

शाम की सभा की घोषणा हो चुकी थी। सेवकजी कई दिनों के बाद आज सभा में जाने की तैयारी कर रहे थे। पेटी से खादी के कुरता-धोती निकालकर पहने, आलमारी से शाल निकाला और ओढ़ा। फिर प्रश्न उठा—यह मिथ्याचार है। जवाब दूसरे कोने से उठा—वस्तु सत्य नहीं है, भावना सत्य है।

सेवकजी मंच पर बैठ गये। धुकधुकी लगी—कहीं कोई भेद जान न ले ? कोई सहज ही देखता, वे सोचकर काँप जाते कि इसने शाल का रहस्य भाँप लिया है। बड़ी बेचैनी थी। अन्तिम वक्ता के बाद वे खड़े हुए और बोले—"मुझे भी इस विषय पर दो शब्द कहने हैं।" उन्होंने माइक का डण्डा

पकड़ लिया। दिल धड़क रहा था और हाथ काँप रहे थे। आज पैरों को स्थिर रखने का प्रयत्न करना पड़ रहा था। बोलना शुरू किया—"…मैंने जो कुछ भी सीखा है, पूज्य गाँधीजी के चरणों में बैठकर। वे मुझे पुत्रवत् स्नेह करते थे। मेरे विवाह के अवसर पर यह शाल उन्होंने मुझे दिया था। बापू स्वयं…"

पहली पंक्ति में बैठा एक आदमी उठकर खड़ा हो गया और बोला—"क्यों झूठ बोलते हैं सेवकजी ? यह शाल तो बिलकुल नया है और मिल का है। भला गाँधीजी मिल का शाल देते ?"

सभा में हँसी उठी, कोलाहल हुआ, सेवकजी के पाँव डगमाये, मुट्ठी ढीली होकर माइक के डण्डे पर से फिसलने लगी और वे वहीं बैठ गये।

एयरकण्डीशण्ड आत्मा

मई की दोपहर में दो आत्माएँ भटकती हुई तीसरी आत्मा के एयरकण्डीशण्ड कमरे में घुस गयीं।

बाहर पुराने लेखकों के 'भगवान् भुवन भास्कर' (अनुप्रास देखो) क्रोध से तप रहे थे। पक्षी मौन हो पत्तों की आड़ में सहमे बैठे थे, जैसे हूटिंग होने पर कवि सहमकर चुप हो जाता है।

ऐसे में एक पुरानी कार रुकी और एक रेशमी आत्मा उतरकर उसी हवेली में घुस गयी।

इसके बाद रिक्शा रुका और खद्दरी आत्मा भी उतरकर उसी हवेली में घुस गयी।

इस कोने पर धार्मिक पुस्तकों की दुकान पर बैठे ईश्वर के इण्टेलीजेंस विभाग के आदमी ने नोट किया—"दोपहर को स्वामी चेतनानन्द भैया साहब की हवेली में गये।"

उस कोने में भँगेड़ी के होटल में बैठे सरकार के इण्टेलीजेंस के आदमी ने नोट किया—"एक शख्स, जिसका नाम हरिशंकर वल्द नामालूम है, दोपहर को भैया साहब के घर में जाता देखा गया। वह शख्स किताबें और लेख लिखता है।"

ईश्वरी जासूस लेखक को नहीं पहचानता। सरकारी जासूस स्वामी जी को पहचानता तो था, पर मुहक़मे ? अफ़सर के यहाँ 15 साल के बाद लड़का तब हुआ जब स्वामी जी ने अनुष्ठान किया। लड़का 15-16 सालों से पेट में से अनुष्ठान माँग रहा था, मगर साहब उसे दवाएँ दे रहे थे। स्वामीजी ने उसकी सच्ची माँग सुनी।

कमरे में वातावरण ठण्डा था। भैया साहब की आत्मा पहले से ठण्डी थी। बाहर से आयी आत्माएँ धीरे-धीरे ठण्डी हो रही थीं।

कोने में भैया साहब एक किताब सिर पर रखे आँखें बन्द किये बैठे थे।

स्वामी 'कल्याण' पलटाते-पलटाते मेरे ऊबकर उठने की राह देख रहे थे।

मैं—(बाक़ी लेखक प्रयत्न करते रहे, पर मुझे अपनी आइडेण्टिटी मिल गयी) हैरत से कभी भैया सा'ब की तरफ़ और कभी स्वामीजी की तरफ़ देख लेता था। बाक़ी समय दीवार पर टँगे उस चित्र को देखता, जिसमें हनुमान् सीना फाड़कर भीतर लिखा हुआ 'राम' बता रहे थे।

भैया साहब ने आँखें खोलीं, पुस्तक को आँखों से लगाकर आलमारी में रखा और स्वामीजी के चरण छूकर मेरे नमस्कार का जवाब दिया और बैठ गये।

मैंने पूछा—"यह कौन-सी किताब है ?"

वे बोले—"किताब नहीं, ग्रन्थ है। गीता है !"

"बड़ी मोटी है।"

"हाँ, बड़े अक्षरों की है।"

"इसे सिर पर क्यों रखे थे ?"

"रखे नहीं था, मस्तक पर धारण किये हुए था। आजकल हमारा मन अध्यात्म में ही लगा रहता है। बस, आत्मा ही सत्य है, शरीर मिथ्या है। हम रोज़ आधा घण्टा गीता को मस्तक पर धारण करके बैठे रहते हैं।"

(मुझे पैसे लेने थे, इसलिए बातचीत का रुख उनके अनुकूल करने लगा।)

कहा—"यह बड़ा अच्छा करते हैं आप। किसी ने ऐसा नहीं किया। लोग इसे पढ़ने में समय गँवाते हैं। आप समूची सिर पर रख लेते हैं।"

"बड़ी शान्ति मिलती है।"

"क्यों न मिलेगी। गीता का ज्ञान आपके भीतर मन में पहुँच जाता होगा। गीता का यही प्रताप है। किताबों की दुकान में जिस आलमारी में यह रखी रहती है, उसमें इतना आत्म-ज्ञान भर जाता है कि पुस्तकें अपनी क़ीमत बढ़ा लेती हैं। जिस प्रेस में यह छपती है, उसकी मशीनें कभी नहीं बिगड़तीं।

जो कर्मचारी इसे कम्पोज़ करते हैं, वे इतने आत्मज्ञानी हो जाते हैं कि वेतन बढ़ाने की माँग नहीं करते। मालगाड़ी के एक डिब्बे से एक बार प्रवचन होते सुना गया। रेलवेवालों ने डिब्बा खोलकर देखा कि उसमें गीता की पेटी रखी है।"

स्वामीजी ने मेरी तरफ़ देखा। आँखों में इशारा था—'कोई बात नहीं। इतना चल जायेगा। मुझे धन्यवाद दो कि यह नहीं समझ रहा है।'

"मुझे इस साधना से बड़ा फ़ायदा हुआ है।"

"जी हाँ, सो तो दिख रहा है! गीता-ज्ञान ने सिर के भीतर घुसने के लिए किस क़रीने से चाँद निकाली है। जिन छेदों से पसीना निकलता है, उनसे सूक्ष्म ज्ञान भीतर घुस जाता होगा।"

स्वामीजी ने मेरी तरफ़ देखा—"अब ज़्यादा हो गया।"

भैया सा'ब सोचने लगे।

स्वामीजी ने कहा—"क्या चिन्तन कर रहे हैं ?"

"गीता के बारे में ही सोच रहा हूँ।"

"क्या सोच रहे हैं ?"

"यही कि जब यह ग्रन्थ लिखा गया, तब छापाखाना नहीं था। अब छापाखाना है, तो कोई ऐसा ग्रन्थ लिखता नहीं है।"

मेरी तरफ़ मुखातिब होकर कहा—"तुमने इतनी किताबें लिखीं, पर ऐसी एक नहीं। एक पुस्तक तुम भी ऐसी लिखकर दो और हम छापें। अरबों बिकेंगी।"

मैंने कहा—"मगर यह तो भगवान् कृष्ण की रचना है, ईश्वर की।"

भैया साहब ने कहा—"अरे, ईश्वर को मारो गोली। तुम तो लिख डालो।"

स्वामीजी सुनकर कुछ सहमे।

भैया सा'ब ने कहा—"सब स्वामीजी की कृपा से हुआ है। आपके ही उपदेश से हम आत्मा की साधना में लग गये हैं।"

स्वामीजी ने कहा—"देह तो मिथ्या है, आत्मा सत्य है। देह तुच्छ है। दुख, रोग और पाप की खान है।"

भैया सा'ब ने कहा—"रोज़ शाम को हम 2-3 घण्टे स्वामीजी का सत्संग

करते हैं और हमारा मोह छूटता जाता है।''

(दिन-भर धन्धे के बाद तनाव आ जाता है—स्नानुओं में, जिसके शमन के लिए शराब और 'छोकरी' चाहिए। आत्मा के तनाव को ठीक करने के लिए साधु चाहिए। शाम को शराब, छोकरी और साधु होना। साधु सट्टे के 'फ़िगर' बताकर आर्थिक तनाव भी कम करता है।)

स्वामीजी ने कहा—''सत्संग से तभी लाभ होता है, जब आत्मा में पवित्रता हो। आपकी आत्मा शुरू से ही सत्य की ओर झुकी हुई है।''

(लगा, भैया सा'ब का मोह छूट रहा है पर स्वामीजी का बढ़ रहा है।)

भैया सा'ब ने कहा—''सत्य से हमारा बहुत प्रेम है। साँच बराबर तप नहीं, झूठ बराबर पाप।''

फ़ोन की घण्टी बजी। लड़के ने उठाकर पूछा—''कौन बोल रहे हैं ?'' पिता से कहा कि ''अमुक आपसे बात करना चाहते हैं।''

भैया सा'ब ने कहा—''बोल दो घर में नहीं हैं (साँच बराबर तप नहीं—) पैसे के लिए दस बार फ़ोन करेंगे। माया ! माया !!'' (वह लेने वाला था, जिसकी माया को धिक्कारा जा रहा था।)

मैंने स्वामीजी की उपस्थिति पर नाराज़ी ज़ाहिर करनी चाही। पूछा—''इस गरमी में आपका आना कैसे हुआ ?'' (यह टले तो मैं काम की बात करूँ।)

स्वामीजी ने कहा—''आज भैया सा'ब का जन्म-दिन है न ! पचपनवाँ जन्म-दिन। सो उपदेश होंगे, पूजा होगी; उपरान्त 'भजन परशादी' होगी।''

जन्म-दिन ? मिथ्या देह, रोग, दुख, पाप की खान एक साल और रह गयी।

मैंने कहा—''मुझ बहुत अफ़सोस है कि आज आपका जन्म-दिन है। पहले मालूम होता कि आज आपका दुख का दिन है, तो हरगिज़ न आता। बहरहाल, मेरी हार्दिक सहानुभूति ग्रहण करिए। ईश्वर करे यह अशुभ दिन आगे न आये।''

दोनों हैरत में थे।

स्वामीजी ने कहा—''जन्म-दिन दुख का दिन थोड़े ही है।''

मैंने कहा—''क्यों नहीं ? यह देह जो मिथ्या है, पाप की खान है, यह

एक साल और रही, इसकी याद दिलानेवाला दिन क्या खुशी का दिन है ?"

स्वामीजी ने कहा—"ओह !"

भैया सा'ब ने कहा—"तुम बात पकड़ लेते हो।"

स्वामीजी चाहते थे कि मैं उठूँ और वे अपनी बात करें। मैं चाहता था कि वे उठें और मैं अपनी बात करूँ।

ठण्डे कमरे में आत्मा का ताप चला गया था। भैया सा'ब की आत्मा ज़्यादा ठण्डी थी। वे चाहते थे कि दोनों बैठे रहें, पर चर्चा अध्यात्म की ही हो। माया का प्रसंग न छिड़े। माया-सम्बन्धी एक फ़ोन ने उनकी आत्मा को अभी बड़ा क्लेश पहुँचाया था।

सबकी आत्मा को शान्ति चाहिए, मेरी आत्मा को भी।

मैंने कहा—"आप लोगों की तरह मैं भी आत्मा की शान्ति चाहता हूँ।"

दोनों खुश हुए—"बड़ी अच्छी बात है।"

बात आगे बढ़ायी—"मैं यहाँ आत्मा की शान्ति की खोज में ही आया हूँ।"

भैया सा'ब खुश। स्वामीजी ने उत्साह से कहा—"क्यों नहीं ? इनका यह कमरा तो तपोभूमि है। मैं भी यहाँ आकर शान्ति पाता हूँ।"

बात और आगे बढ़ायी—"जी हाँ, मैं भी इसी कमरे में आत्मशान्ति पाना चाहता हूँ। मेरी आत्मा को तभी शान्ति मिलेगी, जब भैया सा'ब मेरे बक़ाया रुपये दे देंगे। मुझसे जो काम करवाया था, उसके रुपये मुझे लेने हैं।"

स्वामीजी ने सिर नीचा कर लिया।

भैया सा'ब ने कहा—"जैसी आत्मा तुम्हारी, वैसी हमारी। हम भी आत्मा की शान्ति चाहते हैं। अगर हम रुपये दे देंगे, तो हमारी आत्मा अशान्त हो जायेगी।"

मैंने कहा—"पर पैसे मिले बिना मेरी भी तो आत्मा अशान्त रहेगी।"

भैया सा'ब बोले—"और हमारी आत्मा क्या फ़ालतू ही है ? इतने दिनों से हम साधना से उसे शान्त करने की कोशिश कर रहे हैं और तुम थोड़े-से रुपयों के लिए सारी साधना को मिटा देना चाहते हो।"

मैंने कहा—"पर सवाल मेरी आत्मा का भी तो है।"

भैया सा'ब ने कहा—"अच्छा, हम इसका फ़ैसला स्वामीजी पर

छोड़ दें।"

स्वामीजी ने थोड़ी देर तक आँखें बन्द करके चिन्तन किया। फिर कहा—"प्रश्न बहुत जटिल है। इसके निर्णय पर तीसरी आत्मा की शान्ति निर्भर है। याने मेरी आत्मा की। मैं भी आत्मा की शान्ति की खोज में हूँ। मेरी यह कार बहुत ख़राब हो गयी है। बहुत दिनों से मैं चाह रहा हूँ कि भैया सा'ब की वह छोटी कार, जिसका उपयोग वे नहीं करते, प्राप्त कर लूँ। उस कार के मिलने से मेरी आत्मा को शान्ति मिल जायेगी। अगर मैं आपको इनसे पैसा दिला दूँ, तो ये मुझसे अप्रसन्न हो जायेंगे और कार नहीं देंगे। इस तरह आपको पैसा मिलने से उनकी आत्मा भी अशान्त होगी और मेरी भी।"

मैंने कहा—"याने आपका निर्णय है…"

स्वामीजी ने कहा—"मेरा निर्णय है कि किसी आत्मा को यह अधिकार नहीं है कि वह दो आत्माओं को क्लेश पहुँचाकर शान्ति प्राप्त करे। इसलिए आपको ये पैसा नहीं देंगे।"

भैया सा'ब ने मुझसे कहा—"सुन लिया। अब आप जाइए।"

स्वामीजी से कहा—"पर आपने भी कार की बात करके हमारी आत्मा को कुछ ठेस पहुँचायी है।"

स्वामीजी बोले—"पहले इस आत्मा को यहाँ से निकालिए। हमारी-आपकी आत्माओं का विवाद तो सुलझ जायेगा।"

दरवाज़े खुले और मेरी आत्मा सड़क पर आ गयी।

भीतर से उन आत्माओं ने झाँककर कहा—"बाहर बड़ी गरमी है।"

असहमत

यह सिर्फ़ दो आदमियों की बातचीत है :

"भारतीय सेना लाहौर की तरफ़ बढ़ गयी—अन्तरराष्ट्रीय सीमा पार करके।'

"हाँ, सुना तो। छम्ब में पाकिस्तानी सेना को रोकने के लिए यह ज़रूरी है।"

"खाक ज़रूरी है ! जहाँ वे लड़ें, वहाँ लड़ना चाहिए या हर कहीं घुसना चाहिए ?"

"हाँ, उधर नहीं बढ़ना था।"

"मगर मैं कहता हूँ, क्यों नहीं बढ़ना था ? उधर से दबाव नहीं पड़ेगा तो इधर तुम्हारे बाप रोक सकते हैं उन्हें ?"

"फिर तो उधर बढ़ना ठीक ही हुआ।"

"ठीक हुआ ! ठीक हुआ ! कुछ समझते भी हो ! इसका मतलब क्या होता है ? इसका मतलब होता है—टोटल वार ! पूर्ण युद्ध ! हमला !"

"हाँ जी, यह तो हमला-जैसा ही हो गया।"

"मगर मैं कहता हूँ, जो इसे हमला कहता है, वह बेवक़ूफ़ है। हम तो हमले का मुक़ाबला करने के लिए बढ़े हैं।"

"इस दृष्टि से तो हमारा बढ़ना सुरक्षात्मक कार्रवाई हुआ।"

"मगर सुरक्षात्मक कार्रवाई कहकर दुनिया की नज़रों में धूल नहीं झोंक सकते ! जो हुआ है, वह सबको दिख रहा है।"

"हाँ, विल्सन ने तो ऐसा कुछ कहा भी है।"

"तुम विल्सन के कहने की परवाह क्यों करते हो ? जो तुम्हें सही दिखे,

करो।"

"बिलकुल ठीक है। जो देश के हित में हो, वही हमें करना चाहिए।"

"देश-हित की बात करते हो ! देश-हित कोई समझता भी है ? सिर्फ़ देश-हित देखोगे या अन्तरराष्ट्रीय प्रतिक्रिया का भी ख़याल रखोगे ?"

"ठीक कहते हो। आज की दुनिया में अन्तरराष्ट्रीय प्रतिक्रिया देखना भी ज़रूरी है।"

"मगर मैं कहता हूँ, अन्तरराष्ट्रीय रुख ही देखते रहोगे या देश के भले की भी कुछ सोचोगे ? अन्तरराष्ट्रीयता की धुन में ही तो तुम लोगों ने देश को ग़ारत कर रखा है !"

इस बातचीत में जो लगातार सहमत होने की कोशिश करता रहा, वह मैं हूँ। मैं उससे बहस नहीं करता, मतभेद ज़ाहिर नहीं करता, सिर्फ़ सहमत होना चाहता हूँ। पर वह सहमत नहीं होने देता। वह कभी किसी को सहमत नहीं होने देता। अगर कोई सहमत होने लगता है तो वह झट असहमति पर पहुँच जाता है। सहमति से भी वह नाराज़ होता है और असहमति से भी। पर सहमति का विस्फोट बड़ा भंयकर होता है। इसलिए मैं सहमत होते-होते निकल जाता हूँ, जैसे आँधी आने पर आदमी ज़मीन पर लेट जाये।

उसने मेरी तरफ़ देखा। मैं कुछ नहीं बोला। दूसरी तरफ़ देखने लगा। वह खिसिआया—कैसे बेवक़ूफ़ से पाला पड़ा है ! खीजा—कैसे बेईमान लोग हैं ! क्रोधित हुआ—सबको देखूँगा ! तना—मैं किसी की परवाह नहीं करता ! ढीला हुआ—कैसा दुर्भाग्य है ! दुखी हुआ —ऐसों की चलती है, मेरी नहीं चलती ! मन में फिर तनाव आया। वह अँगुलियों के कटाव गिनता हुआ जल्दी-जल्दी चला गया।

सारी दुनिया ग़लत है। सिर्फ़ मैं सही हूँ, यह अहसास बहुत दुख देता है। इस अहसास से आगे अपेक्षा होती है कि मुझे सही होने का श्रेय मिले, मान्यता मिले, क़ीमत भी मिले। दुनिया को इतनी फ़ुरसत होती नहीं है कि वह किसी कोने में बैठे उस आदमी को मान्यता देती जाये जो सिर्फ़ अपने को हमेशा सही मानता है। उसकी अवहेलना होती है। अब सही आदमी क्या करे ? वह सबसे नफ़रत करता है। खीजा रहता है। दुख-भरे तनाव में दिन गुज़ारता है।

इसकी दुनिया से इसी तरह की लड़ाई है। पर वह मुझसे ही क्यों उलझता है ? हर बार मुझे ग़लत सिद्ध क्यों करता है ? बात यह है कि पूरी दुनिया से एक साथ नहीं लड़ा जा सकता। दुनिया के हज़ारों मोरचे हैं और करोड़ों लड़नेवाले हैं। मगर दो देशों की लड़ाई में पूरे देश आपस में नहीं लड़ते। सिपाही से सिपाही लड़ता है। लड़ने के मामले में सिपाही देश का प्रतिनिधि होता है। उन कुछ लोगों को, जिनसे उसकी अकसर भेंट होती है, उसने दुनिया का प्रतिनिधि मान लिया है। इनमें भी सबसे ज़्यादा मुलाक़ात मुझसे होती है, इसलिए इन कुछ का प्रतिनिधि मैं हुआ। इस तरह दुनिया का प्रतिनिधि मैं बन गया। मुझे ग़लत बताता है तो दुनिया ग़लत होती है। मुझे गाली देता है तो दुनिया को गाली लगती है। मुझपर खीजता है तो दुनिया पर नाराज़ी ज़ाहिर होती है। मैं दबता हूँ तो दुनिया को दबा देने का सुख उसे मिलता है। सारी दुनिया की तरफ़ से इस मोरचे पर मैं खड़ा हूँ और पिट रहा हूँ। वह मुझसे नफ़रत करता है। मगर मुझे ढूँढ़ता है। कुछ दिन नहीं मिलूँ, तो वह परेशान होता है। जिससे नफ़रत है, उससे मिलने की इतनी ललक प्रेम-सम्बन्ध में भी नहीं होती। मुझसे मिलकर, मुझे ग़लत बताकर, मुझपर खीजकर और मुझे दबाकर जो सुख उसे मिलता है, उसके लिए वह मुझे तलाशता है। विश्व-विजय के गौरव और सन्तोष के लिए योद्धा दुनियाभर की खाक़ छानते थे। वह कुल चार-पाँच मील लम्बी सड़कों पर मुझे खोजता है तो दुनिया को जीतने के लिए कोई ज़्यादा नहीं चलता।

अगर सारी दुनिया ग़लत है और वह सही है तो मैं ग़लत हूँ और वह सही है। मैं पहले उससे असहमत भी हो जाता था। तब वह भयंकर रूप से फूट पड़ता था। उसे ग़लत माने जाने पर ग़ुस्सा आता है। वह लड़ बैठता था। गाली-गलौच पर आ जाता था। मैंने सहमत होने की नीति अपनायी। मैं सहमत होता हूँ तो वह सोचता है, वह कैसे हो सकता है कि मैं और दुनिया, दोनों सही हों ! दुनिया सही हो ही नहीं सकती। वह झट ठीक उलटी बात कहकर असहमत हो जाता है। तब वह एकमात्र सही आदमी और दुनिया ग़लत हो जाती है। मैं फिर सहमत हो जाता हूँ तो वह फिर उस बात पर आ जाता है जिसे वह खुद काट चुका है।

"बहुत भ्रष्टाचार फैला है।"

"हाँ, बहुत फैला है।"

"लोग हल्ला ज़्यादा मचाते हैं। इतना भ्रष्टाचार है नहीं। यहाँ तो सब सियार हैं। एक ने कहा, भ्रष्टाचार तो सब कोरस में चिल्लाने लगे भ्रष्टाचार!"

"मुझे भी लगता है, लोग भ्रष्टाचार का हल्ला ज़्यादा उड़ाते हैं।"

"मगर बिना कारण लोग हल्ला क्यों मचायेंगे जी ? होगा तभी तो हल्ला करते हैं। लोग पागल थोड़े ही हैं।"

"हाँ, सरकारी कर्मचारी भ्रष्ट तो हैं।"

"सरकारी कर्मचारियों को क्यों दोष देते हो ? उन्हें तो हम-तुम ही भ्रष्ट करते हैं।"

"हाँ, जनता खुद घूस देती है तो वे लेते हैं।"

"जनता क्या ज़बरदस्ती उनके गले में नोट ठूँसती है ? वे भ्रष्ट न हों तो जनता क्यों दे ?"

कोई घटना होती है तो वह उसके बारे में एक दृष्टिकोण बना लेता है और उससे उलटा दृष्टिकोण पहले ही मन में हमारे ऊपर मढ़ देता है। फिर वह हमसे उस आरोपित दृष्टिकोण के लिए नफ़रत करता है। नफ़रत इतनी इकट्ठी हो जाती है कि वह उस घटना के लिए ज़िम्मेदार भी हमें मान लेता है। चीन ने भारत को तीन दिन का अल्टीमेटम दिया तो उसे लगा, जैसे अल्टीमेटम हमने दिया हो। बस्तर में आदिवासियों पर गोली हमने ही चलायी। रोडेशिया में गोरी तानाशाही क़ायम हो गयी तो उसे लगा, जैसे हमने ही इयान स्मिथ की सरकार बनवा दी हो। वियतनाम पर अमेरिकी बमबारी फिर शुरू हो गयी तो उसने मान लिया कि हमने ही बम-वर्षा का हुक्म दिया है। कुछ दिन वह खूब भन्नाता रहा। मिला नहीं। एक दिन वह मिल गया। ऐसे मिला, जैसे युद्ध-अपराधियों से मिल रहा हो। मिलते ही फूट पड़ा—

"तुम्हारे अमेरिका ने फिर बम बरसाना शुरू कर दिया !"

उसने ऐसे देखा, जैसे पुलिस हत्यारे को देखती है।

हमने कहा—"यह बहुत बुरा किया। इससे शान्ति की आशा फिर नष्ट हो गयी।"

वह एक क्षण को सहम गया। वह कई दिनों से हमें बमबारी का समर्थक मानकर नफ़रत कर रहा था। मगर हम तो उसकी निन्दा कर रहे थे। अब

वह क्या रुख अपनाता। उसे सँभलने में ज़्यादा देर नहीं लगी, खीजकर बोला—"शान्ति ? ह्वाट डू यू मीन बाइ शान्ति ? यह शब्द झूठा है ! सब साले शान्ति की बात करते हैं और लड़ाई की तैयारी करते हैं !"

हम चुप। उसे सन्तोष नहीं हुआ। उसने साफ़ रुख अपना लिया—"कह दिया, बुरा किया ! क्या बुरा किया ? उत्तर से दक्षिण में फ़ौज आती है, चीनी हथियार आते हैं। उनके ठिकानों पर बम गिराये बिना कैसे काम चलेगा ?"

"इस दृष्टि से तो बमबारी ठीक मालूम होती है।"

"क्यों ठीक है ? नागरिक क्षेत्रों पर बम बरसाना ठीक है, यह कहते शर्म आनी चाहिए !"

"हाँ, नागरिक क्षेत्र पर अलबत्ता बम नहीं गिराना चाहिए ?"

"मैं कहता हूँ, कहीं भी क्यों गिराना चाहिए ? अमेरिका को क्या हक़ है इधर आने का ? यह उसके राज्य का हिस्सा नहीं है।"

"ठीक कहते हो। एशिया में अमेरिका को हस्तक्षेप नहीं करना चाहिए।"

"मगर बहुत से बेवक़ूफ़ इस नारे को बिना समझे लगाते हैं। वे भूल जाते हैं कि इधर चीन बैठा है जो सबको निगल जायेगा।"

हम चुप हो गये। वह कुछ भुनभुनाता रहा। फिर झटके से उठा और अँगुलियों के कटाव गिनता हुआ फ़ुरती से चला गया।

गोरे और सुडौल इस जवान के कपाल पर तीन रेखाएँ खिंची रहती हैं। हमेशा तनाव में रहता है। नौकरी उसकी साधारण है। एक कॉलेज में पढ़ाता है। कॉलेज से नफ़रत करता है। लौटता है तो जैसे पाप करके लौट रहा हो। प्रिन्सिपल से, साथियों से, विद्यार्थियों से नफ़रत करता है। बग़ीचे के खिले फूलों से भी उसे नफ़रत है। मकान मालिक से इसलिए नाराज़ है कि मकान उसका है। नगरपालिका से सड़क के लिए नाराज़ है। नाले से मच्छरों के लिए नाराज़ है। दुनिया से क्यों नाराज़ है, यह ठीक वही जानता होगा। मैं अन्दाज़ ही लगा सकता हूँ।

शुरू में ही उसने दुनिया से कुछ ज़्यादा उम्मीद कर ली होगी। बहुत-से नौजवान मौजूदा हालातों के सन्दर्भ में महत्त्वाकांक्षा नहीं बनाते। वह अनुपात

से ज़्यादा हो जाती है। बहुत-से तो अपने पिता के ज़माने के सन्दर्भ में महत्त्वाकांक्षा बना लेते हैं—पिता के ज़माने में हर एम. ए. पास प्रोफ़ेसर हो जाता था, अब नहीं होता। मगर उस सन्दर्भ में जो एम. ए. होकर प्रोफ़ेसर बनने का तय कर लेता है, वह अकसर निराश होता है। महत्त्वाकांक्षा के कारण वह स्कूल की नौकरी भी नहीं करता, बेकार रहता है। घुटता है। इस आदमी ने भी जवानी के शुरू में तय कर लिया होगा कि मुझे दुनिया से इतना मिलना चाहिए, यह मेरा हक़ है। इस हिसाब में कहीं वह गड़बड़ कर गया। उसने योग्यता के हिसाब से महत्त्वाकांक्षा नहीं बनायी। अपने मूल्य-निर्धारण में वह ज़्यादा उदार हो गया। उसने शुरू में ही विशिष्टता से अपने को मण्डित कर लिया। साधारण से विशिष्ट बनने की ज़रूरत उसने नहीं समझी। उसने मौजूदा ज़माने की स्पर्धा, पक्षपात और चतुरता को भी नज़र-अन्दाज़ कर दिया। कॉलेज में पढ़ाना चाहता था तब उसे स्कूल मास्टरी करनी पड़ी। विश्वविद्यालय में जाना चाहता था तब इस घटिया कॉलेज में नौकरी मिली। उसने मान लिया कि दुनिया ने उसकी क़ीमत नहीं दी। उसके साथ अन्याय किया और सिर्फ़ उसी के साथ। वह आस-पास आगे बढ़ते हुए तुच्छ लोगों की भीड़ देखता है और सबसे नफ़रत करता है। उसका व्यक्तित्व टूटता है, वह उसे जैसे-तैसे समेटकर दुनिया के सामने चुनौती देकर खड़ा होता है। स्थायी असहमति उसका अपने आपको जोड़ने का प्रयत्न है। इससे वह विशिष्ट बने रहने की कोशिश करता है क्योंकि विशिष्ट हुए बिना वह जी नहीं सकता।

एक बार ही मैंने उसे सहमत होते पाया है। उसने केन्द्रीय सरकार में किसी बड़ी नौकरी के लिए आवेदन किया था। वह उसे नहीं मिली। मुझे मिला तो मैंने पूछा।

उसने कहा—"नहीं मिली।"

मैं डर रहा था कि कहीं इसने इसके लिए मुझे ही ज़िम्मेदार न मान लिया हो। पर उसकी आँखों में ऐसा आरोप-भाव नहीं था। मेरी हिम्मत बढ़ी। मैंने कहा—"आजकल पक्षपात बहुत चलता है।"

वह सहमत हो गया। बोला—"ठीक कहते हो। ऊपर के लोग अपनों को अच्छी जगहों पर फ़िट करते हैं।"

"और योग्य आदमियों की अवहेलना होती है।"

"हाँ, और नालायक़ ऊँचे पदों पर बिठाये जाते हैं।"

"तभी तो सब जगह स्तर गिर रहा है।"

"अरे भई, स्तर तो कुछ रहा नहीं !"

"पता नहीं, कब तक यह अन्धेर चलेगा !"

"मैं भी यही सोचता हूँ कि आखिर ऐसा कब तक !"

सहमति के इस दुर्लभ क्षण को मैं बिगड़ने नहीं देना चाहता था। इसलिए इसके पहले कि वह किसी बात पर असहमत हो उठे, मैं चल दिया। वह भी मुड़ा। मगर वह अँगुलियों के कटाव नहीं गिन रहा था।

दस दिन का अनशन

10 जनवरी

आज मैंने बन्नू से कहा—"देख बन्नू, दौर ऐसा आया है कि संसद, क़ानून, संविधान, न्यायालय सब बेकार हो गये हैं। बड़ी-बड़ी माँगें अनशन और आत्मदाह की धमकी से पूरी हो रही हैं। 20 साल का प्रजातन्त्र इस वक़्त ऐसा पक गया है कि एक आदमी के मर जाने या भूखा रह जाने की धमकी से 50 करोड़ आदमियों के भाग्य का फ़ैसला हो रहा है। इस वक़्त तू भी उस औरत के लिए आमरण अनशन कर डाल।"

बन्नू सोचने लगा। वह राधिका बाबू की बीवी सावित्री के पीछे सालों से पड़ा है। भगाने की कोशिश में एक बार पिट भी चुका है। तलाक़ दिलवाकर उसे घर में डाल नहीं सकता, क्योंकि सावित्री बन्नू से नफ़रत करती है।

सोचकर बोला—"मगर इसके लिए अनशन हो भी सकता है ?"

मैंने कहा—"इस वक़्त हर बात के लिए हो सकता है। अभी बाबा सनकीदास ने अनशन करके क़ानून बनवा दिया है कि हर आदमी जटा रखेगा और उसे कभी धोयेगा नहीं। तमाम सिरों से दुर्गन्ध निकल रही है। तेरी माँग तो बहुत छोटी है—सिर्फ़ एक औरत के लिए।"

सुरेन्द्र वहाँ बैठा था। बोला—"यार, कैसी बात करते हो ! किसी की बीवी को हड़पने के लिए अनशन होगा ? हमें कुछ शर्म तो आनी चाहिए। लोग हँसेंगे।"

मैंने कहा—"अरे यार, शर्म तो बड़े-बड़े अनशनिया साधु-सन्तों को नहीं आयी। हम तो मामूली आदमी हैं। जहाँ तक हँसने का सवाल है, गोरक्षा

आन्दोलन पर सारी दुनिया के लोग इतना हँस चुके हैं कि उनका पेट दुखने लगा है। अब कम से कम 10 सालों तक कोई आदमी हँस नहीं सकता। जो हँसेगा वह पेट के दर्द से मर जायेगा।''

बन्नू ने कहा—''सफलता मिल जायेगी ?''

मैंने कहा—''यह तो 'इशू' बनाने पर है। अच्छा बन गया तो औरत मिल जायेगी। चल हम 'एक्सपर्ट' के पास चलकर सलाह लेते हैं। बाबा सनकीदास विशेषज्ञ हैं। उनकी अच्छी 'प्रेक्टिस' चल रही है। उनके निर्देशन में इस वक़्त चार आदमी अनशन कर रहे हैं।''

हम बाबा सनकीदास के पास गये। पूरा मामला सुनकर उन्होंने कहा—''ठीक है। मैं इस मामले को हाथ में ले सकता हूँ। जैसा कहूँ वैसा करते जाना। तू आत्मदाह की धमकी दे सकता है ?''

बन्नू काँप गया—''बोला, मुझे डर लगता है।''

''जलना नहीं है रे। सिर्फ़ धमकी देना है।''

''मुझे तो उसके नाम से भी डर लगता है।''

बाबा ने कहा—''अच्छा तो फिर अनशन कर डाल। 'इशू' हम बनायेंगे।''

बन्नू फिर डरा। बोला—''मर तो नहीं जाऊँगा ?''

बाबा ने कहा—''चतुर खिलाड़ी नहीं मरते। वे एक आँख मेडिकल रिपोर्ट पर और दूसरी मध्यस्थ पर रखते हैं। तुम चिन्ता मत करो। तुम्हें बचा लेंगे और वह औरत भी दिला देंगे।''

11 जनवरी

आज बन्नू आमरण अनशन पर बैठ गया। तम्बू में धूप-दीप जल रहे हैं। एक पार्टी भजन गा रही है —'सबको सन्मति दे भगवान्।' पहले ही दिन पवित्र वातावरण बन गया है। बाबा सनकीदास इस कला के बड़े उस्ताद हैं। उन्होंने बन्नू के नाम से जो वक्तव्य छपाकर बँटवाया है, वह बड़ा ज़ोरदार है। उसमें बन्नू ने कहा है कि 'मेरी आत्मा से पुकार उठ रही है कि मैं अधूरी हूँ। मेरा दूसरा खण्ड सावित्री में है। दोनों आत्मखण्डों को मिलाकर एक करो या मुझे भी शरीर से मुक्त करो। मैं आत्मखण्डों को मिलाने के लिए आमरण अनशन

पर बैठा हूँ। मेरी माँग है कि सावित्री मुझे मिले। यदि नहीं मिलती तो मैं अनशन से इस आत्मखण्ड को अपनी नश्वर देह से मुक्त कर दूँगा। मैं सत्य पर हूँ, इसलिए निडर हूँ। सत्य की जय हो !"

सावित्री गुस्से से भरी हुई आयी थी। बाबा सनकीदास से कहा—"यह हरामज़ादा मेरे लिए अनशन पर बैठा है न ?"

बाबा बोले—"देवी, उसे अपशब्द मत कहो। वह पवित्र अनशन पर बैठा है। पहले हरामज़ादा रहा होगा। अब नहीं रहा। वह अनशन कर रहा है।"

सावित्री ने कहा—"मगर मुझसे तो पूछा होता। मैं तो इसपर थूकती हूँ।"

बाबा ने शान्ति से कहा—"देवी, तू तो 'इशू' है। 'इशू' से थोड़े ही पूछा जाता है। गोरक्षा आन्दोलनवालों ने गाय से कहाँ पूछा था कि तेरी रक्षा के लिए आन्दोलन करें या नहीं। देवी, तू जा। मेरी सलाह है कि अब तुम या तुम्हारा पति यहाँ न आये। एक-दो दिन में जनमत बन जायेगा और तब तुम्हारे अपशब्द जनता बरदाश्त नहीं करेगी।"

वह बड़बड़ाती हुई चली गयी।

बन्नू उदास हो गया। बाबा ने समझाया—"चिन्ता मत करो। जीत तुम्हारी होगी। अन्त में सत्य की ही जीत होती है।"

13 जनवरी

बन्नू भूख का बड़ा कच्चा है। आज तीसरे ही दिन कराहने लगा।

बन्नू पूछता है—"जयप्रकाश नारायण आये ?"

मैंने कहा—"वे पाँचवें या छठे दिन आते हैं। उनका नियम है। उन्हें सूचना दे दी है।"

वह पूछता है—"विनोबा ने क्या कहा है। इस विषय में ?"

बाबा बोले—"उन्होंने साधन और साध्य की मीमांसा की है, पर थोड़ा तोड़कर उनकी बात को अपने पक्ष में उपयोग किया जा सकता है।"

बन्नू ने आँखें बन्द कर लीं। बोला—"भैया, जयप्रकाश बाबू को जल्दी बुलाओ।"

आज पत्रकार भी आये थे। बड़ी दिमाग़पच्ची करते रहे।

पूछने लगे—"उपवास का हेतु कैसा है ? क्या वह सार्वजनिक हित में है ?"

बाबा ने कहा—"हेतु अब नहीं देखा जाता। अब तो इसके प्राण बचाने की समस्या है। अनशन पर बैठना इतना बड़ा आत्म-बलिदान है कि हेतु भी पवित्र हो जाता है।"

मैंने कहा—"और सार्वजनिक हित इससे होगा। कितने ही लोग दूसरे की बीवी छीनना चाहते हैं, मगर तरकीब उन्हें नहीं मालूम। अनशन अगर सफल हो गया, तो जनता का मार्गदर्शन करेगा।"

14 जनवरी

बन्नू और कमज़ोर हो गया है। वह अनशन तोड़ने की धमकी हम लोगों को देने लगा है। इससे हम लोगों का मुँह काला हो जायेगा। बाबा सनकीदास ने उसे बहुत समझाया।

आज बाबा ने एक और कमाल कर दिया। किसी स्वामी रसानन्द का वक्तव्य अख़बारों में छपवाया है। स्वामीजी ने कहा कि मुझे तपस्या के कारण भूत और भविष्य दिखता है। मैंने पता लगाया है कि बन्नू पूर्व जन्म में ऋषि था और सावित्री ऋषि की धर्मपत्नी। बन्नू का नाम उस जन्म में ऋषि वनमानुस था। उसने तीन हज़ार वर्षों के बाद अब फिर नरदेह धारण की है। सावित्री का इससे जन्म-जन्मान्तर का सम्बन्ध है। यह घोर अधर्म है कि एक ऋषि की पत्नी को राधिकाप्रसाद-जैसा साधारण आदमी अपने घर में रखे। समस्त धर्मप्राण जनता से मेरा आग्रह है कि इस अधर्म को न होने दें।

इस वक्तव्य का अच्छा असर हुआ। कुछ लोग 'धर्म की जय हो !' नारे लगाते पाये गये। एक भीड़ राधिका बाबू के घर के सामने नारे लगा रही थी—

"राधिकाप्रसाद—पापी है ! पापी का नाश हो ! धर्म की जय हो !"

स्वामीजी ने मन्दिरों में बन्नू की प्राण-रक्षा के लिए प्रार्थना का आयोजन करा दिया है।

15 जनवरी

रात को राधिका बाबू के घर पर पत्थर फेंके गये।

जनमत बन गया है।

स्त्री-पुरुषों के मुख से ये वाक्य हमारे एजेण्टों ने सुने—

"बेचारे को पाँच दिन हो गये। भूखा पड़ा है।"

"धन्य है इस निष्ठा को।"

"मगर उस कठकरेजी का कलेजा नहीं पिघला।"

"उसका मरद भी कैसा बेशरम है।"

"सुना है पिछले जन्म में कोई ऋषि था।"

"स्वामी रामानन्द का वक्तव्य नहीं पढ़ा !"

"बड़ा पाप है ऋषि की धर्मपत्नी को घर में डाले रखना।"

आज ग्यारह सौभाग्यवतियों ने बन्नू को तिलक किया और आरती उतारी। बन्नू बहुत खुश हुआ। सौभाग्यवतियों को देखकर उसका जी उछलने लगता है।

अख़बार अनशन के समाचारों से भरे हैं।

आज एक भीड़ हमने प्रधानमन्त्री के बँगले पर हस्तक्षेप की माँग करने और बन्नू के प्राण बचाने की अपील करने भेजी थी। प्रधानमन्त्री ने मिलने से इनकार कर दिया।

देखते हैं कब तक नहीं मिलते।

शाम को जयप्रकाश नारायण आ गये। नाराज़ थे। कहने लगे—"किस-किसके प्राण बचाऊँ मैं ? मेरा क्या यही धन्धा है ? रोज़ कोई अनशन पर बैठ जाता है और चिल्लाता है प्राण बचाओ। प्राण बचाना है तो खाना क्यों नहीं लेता ? प्राण बचाने के लिए मध्यस्थ की कहाँ ज़रूरत है ? यह भी कोई बात है ! दूसरे की बीवी छीनने के लिए अनशन के पवित्र अस्त्र का उपयोग किया जाने लगा है।"

हमने समझाया—"यह 'इशू' ज़रा दूसरे क़िस्म का है। आत्मा से पुकार उठी थी।"

वे शान्त हुए। बोले—"अगर आत्मा की बात है तो मैं इसमें हाथ नहीं

डालूँगा।"

मैंने कहा—"फिर कोटि-कोटि धर्मप्राण जनता की भावना इसके साथ जुड़ गयी है।"

जयप्रकाश बाबू मध्यस्थता करने को राज़ी हो गये। वे सावित्री और उसके पति से मिलकर फिर प्रधानमन्त्री से मिलेंगे।

बन्नू बड़े दीनभाव से जयप्रकाश बाबू की तरफ़ देख रहा था।

बाद में हमने उससे कहा—"अबे साले, इस तरह दीनता से मत देखा कर। तेरी कमज़ोरी ताड़ लेगा तो कोई भी नेता तुझे मुसम्मी का रस पिला देगा। देखता नहीं है कितने ही नेता झोलों में मुसम्मी रखे तम्बू के आसपास घूम रहे हैं।"

16 जनवरी

जयप्रकाश बाबू की 'मिशन' फ़ेल हो गयी। कोई मनाने को तैयार नहीं है। प्रधानमन्त्री ने कहा —"हमारी बन्नू के साथ सहानुभूति है, पर हम कुछ नहीं कर सकते। उससे उपवास तुड़वाओ, तब शान्ति से वार्ता द्वारा समस्या का हल ढूँढ़ा जायेगा।"

हम निराश हुए। बाबा सनकीदास निराश नहीं हुए। उन्होंने कहा—"पहले सब माँग को नामंज़ूर करते हैं, यही प्रथा है। अब आन्दोलन तीव्र करो। अख़बारों में छपवाओ कि बन्नू की पेशाब में काफ़ी 'एसिटोन' आने लगा है। उसकी हालत चिन्ताजनक है। वक्तव्य छपवाओ कि हर क़ीमत पर बन्नू के प्राण बचाये जायें। सरकार बैठी-बैठी क्या देख रही है ? उसे तुरन्त कोई क़दम उठाना चाहिए जिससे बन्नू के बहुमूल्य प्राण बचाये जा सकें।"

बाबा अद्भुत आदमी हैं। कितनी तरकीबें उनके दिमाग़ में हैं। कहते हैं—"अब आन्दोलन में जातिवाद का पुट देने का मौक़ा आ गया है। बन्नू ब्राह्मण है और राधिकाप्रसाद कायस्थ। ब्राह्मणों को भड़काओ और इधर कायस्थों को। ब्राह्मण-सभा का मन्त्री आगामी चुनाव में खड़ा होगा। उससे कहो कि यही मौक़ा है ब्राह्मणों के वोट इकट्ठे ले लेने का।"

आज राधिका बाबू की तरफ़ से प्रस्ताव आया था कि बन्नू सावित्री से

राखी बँधवा ले।

हमने नामंज़ूर कर दिया।

17 जनवरी

आज के अख़बारों में ये शीर्षक हैं—

"बन्नू के प्राण बचाओ !"

"बन्नू की हालत चिन्ताजनक !"

"मन्दिरों में प्राण-रक्षा के लिए प्रार्थना !"

एक अख़बार में हमने विज्ञापन रेट पर यह भी छपवा लिया—

"कोटि-कोटि धर्म-प्राण जनता की माँग···!

बन्नू की प्राण-रक्षा की जाये !

बन्नू की मृत्यु के भयंकर परिणाम होंगे !"

ब्राह्मण-सभा के मन्त्री का वक्तव्य छप गया। उन्होंने ब्राह्मण जाति की इज़्ज़त का मामला इसे बना लिया था। सीधी कार्यवाही की धमकी दी थी।

हमने चार गुण्डों को कायस्थों के घरों पर पत्थर फेंकने के लिए तय कर लिया है।

इससे निपटकर वही लोग ब्राह्मणों के घर पर पत्थर फेंकेंगे।

पैसे बन्नू ने पेशगी में दे दिये हैं।

बाबा का कहना है कि कल या परसों तक कर्फ़्यू लगवा देना चाहिए। दफ़ा 144 तो लग ही जाये। इससे 'केस' मज़बूत होगा।

18 जनवरी

रात को ब्राह्मणों और कायस्थों के घरों पर पत्थर फिंक गये।

सुबह ब्राह्मणों और कायस्थों के दो दलों में जमकर पथराव हुआ।

शहर में दफ़ा 144 लग गयी।

सनसनी फैली हुई है।

हमारा प्रतिनिधि मण्डल प्रधानमन्त्री से मिला था। उन्होंने कहा—"इसमें क़ानूनी अड़चनें हैं। विवाह क़ानून में संशोधन करना पड़ेगा।"

हमने कहा—"तो संशोधन कर दीजिए। अध्यादेश ज़ारी करवा

दीजिए। अगर बन्नू मर गया तो सारे देश में आग लग जायेगी।''

वे कहने लगे—''पहले अनशन तुड़वाओ ?''

हमने कहा—''सरकार सैद्धान्तिक रूप से माँग को स्वीकार कर ले और एक कमेटी बिठा दे, जो रास्ता बताये कि वह औरत इसे कैसे मिल सकती है।''

सरकार अभी स्थिति को देख रही है। बन्नू को और कष्ट भोगना होगा।

मामला जहाँ का तहाँ रहा। वार्ता में 'डेडलॉक' आ गया है।

छुटपुट झगड़े हो रहे हैं।

रात को हमने पुलिस चौकी पर पत्थर फिंकवा दिये। इसका अच्छा असर हुआ।

'प्राण बचाओ'—की माँग आज और बढ़ गयी।

19 जनवरी

बन्नू बहुत कमज़ोर हो गया है। घबराता है। कहीं मर न जाये।

बकने लगा है कि हम लोगों ने उसे फँसा दिया है। कहीं वक्तव्य दे दिया तो हम लोग 'एक्सपोज़' हो जायेंगे।

कुछ जल्दी ही करना पड़ेगा। हमने उससे कहा कि अब अगर वह यों ही अनशन तोड़ देगा तो जनता उसे मार डालेगी।

प्रतिनिधि मण्डल फिर मिलने जायेगा।

20 जनवरी

'डेडलॉक'

सिर्फ़ एक बस जलायी जा सकी।

बन्नू अब सँभल नहीं रहा है।

उसकी तरफ़ से हम ही कह रहे हैं कि ''वह मर जायेगा, पर झुकेगा नहीं !''

सरकार भी घबरायी मालूम होती है।

साधुसंघ ने आज माँग का समर्थन कर दिया।

ब्राह्मण समाज ने अल्टीमेटम दे दिया। दस ब्राह्मण आत्मदाह करेंगे।

सावित्री ने आत्महत्या की कोशिश की थी, पर बचा ली गयी।

बन्नू के दर्शन के लिए लाइन लगी रहती है।

राष्ट्रसंघ के महामन्त्री को आज तार कर दिया गया।

जगह-जगह प्रार्थना-सभाएँ होती रहीं।

डॉ. लोहिया ने कहा है कि जबतक यह सरकार है, तबतक न्यायोचित माँगें पूरी नहीं होंगी। बन्नू को चाहिए कि वह सावित्री के बदले इस सरकार को ही भगा ले जाये।

21 जनवरी

बन्नू की माँग सिद्धान्ततः स्वीकार कर ली गयी।

व्यावहारिक समस्याओं को सुलझाने के लिए एक कमेटी बना दी गयी है।

भजन और प्रार्थना के बीच बाबा सनकीदास ने बन्नू को रस पिलाया। नेताओं की मुसम्मियाँ झोलों में ही सूख गयीं। बाबा ने कहा —"जनतन्त्र में जनभावना का आदर होना चाहिए। इस प्रश्न के साथ कोटि-कोटि जनों की भावनाएँ जुड़ी हुई थीं। अच्छा ही हुआ जो शान्ति से समस्या सुलझ गयी, वरना हिंसक क्रान्ति हो जाती।"

ब्राह्मण-सभा के विधानसभाई उम्मीदवार ने बन्नू से अपना प्रचार कराने के लिए सौदा कर लिया है। काफ़ी बड़ी रक़म दी है। बन्नू की क़ीमत बढ़ गयी।

चरण छूते हुए नर-नारियों से बन्नू कहता है—"सब ईश्वर की इच्छा से हुआ। मैं तो उसका माध्यम हूँ।"

नारे लग रहे हैं—सत्य की जय ! धर्म की जय !

अमरता

लेखक रात को अबू-बिन-आदम की यह कहानी पढ़ते-पढ़ते सो गया—"एक रात आदम के बेटे अबू के कमरे में एकदम तीव्र प्रकाश हुआ और एक फ़रिश्ता प्रकट हुआ। उसके हाथ में एक बही थी। उसने अबू से कहा—'मैं उन लोगों के नाम लिख रहा हूँ जो ईश्वर से प्यार करते हैं।' अबू-बिन-आदम ने कहा—'मेरा नाम उन लोगों में लिख लो, जो अपने साथी मानवों से प्यार करते हैं'—फ़रिश्ता अदृश्य हो गया। दूसरी रात वह फिर आया और अबू ने देखा कि ईश्वर के प्रेमियों में सबके ऊपर उसी का नाम है।" आधी रात को एकाएक लेखक की नींद खुली और उसने देखा कि कमरे में तीव्र प्रकाश भर गया है। उसने आँखें मलीं, तो उसे कमरे में एक फ़रिश्ता दिखा—श्वेत वस्त्र, श्वेत दाढ़ी और केश, मुख पर स्वर्गिक आभा !

लेखक ने पूछा—"हे दिव्य पुरुष ! आप कौन हैं और यहाँ किस प्रयोजन से आये हैं ?"

फ़रिश्ता बोला—"वत्स, मैं हिन्दी साहित्य का इतिहास हूँ और प्रतिभाओं को अमर करने निकला हूँ।"

लेखक प्रसन्न हुआ। हाथ जोड़कर कहने लगा—"देव, मैं भी साहित्य का एक सेवक हूँ। क्या आप मुझे अमर कर सकते हैं।"

फ़रिश्ते ने निर्मल मुसकान के साथ कहा—"इसीलिए तो मैं यहाँ आया हूँ।"

उसने अपने हाथ की बही खोलकर लेखक के सामने रख दी और कहा—"देखो, इसमें मैं उन लोगों के नाम लिखता जाता हूँ जिन्हें अमर होना है। तुम भी इसमें अपना नाम लिख दो।"

लेखक नामों को पढ़ने लगा। पढ़ते-पढ़ते वह चौंका। उसके मुख पर विषाद छा गया। फिर घृणा आयी और फिर रोष।

इधर फ़रिश्ते ने पेंसिल बढ़ाते हुए कहा—"लो पेंसिल ! लिख दो अपना नाम।"

लेखक ने गरदन उठायी और पूछा—"क्या तुम्हारे पास रबर नहीं है ?"

फ़रिश्ते ने कहा—"है, रबर भी है। पर नियम यह है कि तुम रबर और पेंसिल में से कोई एक ही ले सकते हो।"

लखक ने अविचलित भाव से कहा—"तो मुझे रबर ही दे दो। पेंसिल नहीं चाहिए।"

फ़रिश्ते ने रबर दे दी।

लेखक ने 3-4 नाम मिटा दिये।

फ़रिश्ता अदृश्य हो गया। लेखक बड़ी शान्ति से सो गया।

दूसरी रात फ़रिश्ता फिर आया और उसने बही खोलकर लेखक के सामने रख दी।

लेखक ने देखा कि उसका नाम युग-प्रवर्तकों में लिखा हुआ है।

वह बहुत प्रसन्न हुआ।

सहसा फ़रिश्ते ने अपनी नक़ली दाढ़ी-मूँछ निकाल फेंकी और लेखक ने पहचाना कि वह स्थानीय इण्टरमीडियेट कॉलेज का हिन्दी का अध्यापक है।

होनहार

एक स्त्री अपने लड़के को एक ज्योतिषी के पास ले गयी और बोली—"पण्डित जी, इस लड़के का भविष्य बतलाइए। आगे चलकर यह क्या होगा ?"

ज्योतिषी ने कहा—"माता, तू इसके कुछ लक्षण बता। इसमें तूने क्या विशेष बात देखी ?"

स्त्री ने कहा—"यह रात को एकाएक चिल्ला पड़ता है—जागो ! जागो ! आगे बढ़ो ! आगे बढ़ो !"

ज्योतिषी ने पूछा—"अच्छा, जब यह ऐसा चिल्लाता है, तब स्वयं क्या करता है ?"

स्त्री बोली—"यह तो सोया रहता है—पत्थर-सरीखा। नींद में चिल्लाता है।"

ज्योतिषी ने तनिक सोचकर उत्तर दिया, "माँ, तेरे बेटे का भविष्य बहुत उज्ज्वल है।"

"क्या बनेगा यह, पण्डित जी ?"

"यह किसी प्रजातन्त्र का नेता हो जायेगा।"

हृदय

एक आदमी कहता था कि वह हर काम हृदय की आवाज़ के अनुसार करता है, वह एक कॉलेज का प्रिन्सिपल था। उसने एक योग्य आचार्य को निकाल कर उसके स्थान पर किसी अज्ञात कारण से एक अयोग्य को नियुक्त कर लिया। उससे पूछा तो उसने कहा कि उसके हृदय की आवाज़ थी कि ऐसा करने में संस्था का हित है। एक चपरासी का सप्ताह भर का वेतन उसने काट लिया। हृदय की आवाज़ पर ही उसने एक लड़की की शादी एक वृद्ध से करा दी। कारण यही बताया कि यह उसके हृदय की आवाज़ थी। इसी प्रकार के काम वह हृदय की आवाज़ सुनकर किया करता था। उसका बड़ा रोब था। कितने आदमी ऐसे हैं, जो हृदय की आवाज़ पर काम करते हैं।

एक दिन एक दुर्घटना में उसकी मृत्यु हो गयी।

लाश का पोस्टमार्टम हुआ तो डॉक्टरों ने देखा कि उसके सीने में कहीं हृदय है ही नहीं। डॉक्टरों के सामने बड़ी समस्या खड़ी हुई कि यह आदमी बिना हृदय कैसे जीवित रहा।

सारे शरीर में खोज की। बड़ी मुश्किल से उसका हृदय तलुए में मिला।

उपदेश

'सेवक जी' नारी आन्दोलन के बड़े समर्थक थे। स्त्री की सामाजिक स्वतन्त्रता के लिए वे कठोर संघर्ष करते थे।

एक सभा में उन्होंने भाषण दिया—"....हमें नारी को स्वतन्त्रता देना होगा; उसके व्यक्तित्व को स्वीकारना होगा। उसे घर में क़ैद करके हमने सदियों से समाज के आधे भाग को निष्क्रिय कर दिया है। अब समय बदल गया है। नारी को हमें बाहर निकलकर समाज के मंगल कार्यों में हाथ बँटाने देना चाहिए।"

भाषण की सबने प्रशंसा की।

'सेवक जी' घर पहुँचे। थोड़ी देर बाद लड़के ने आकर कहा—"पिताजी, अम्मा नारी मंगल समिति के कार्यक्रम में भाग लेने जाना चाहती हैं।"

'सेवक जी' की आँखें चढ़ गयीं। बोले—"कह दे कहीं नहीं जाना है। जहाँ देखो वहाँ, मुँह उठाये चल दीं। कुछ लाज-शर्म भी है या नहीं।"

लड़का था वाचाल। उसने कहा—"पिताजी, अभी तो आपने सभा में कहा था कि स्त्री को बाहर समाज में निकलना चाहिए।"

'सेवक जी' ने समझाया, "तू अभी नादान है। बात समझता नहीं है। अरे, जब यह कहा जाये कि स्त्री बाहर निकले, तब यह अर्थ होता है कि दूसरों की स्त्रियाँ निकलें, अपनी नहीं।"

दुःख

एक दफ्तर के कर्मचारी उस दिन बड़े दुखी थे। उनके बीच के एक आदमी का तबादला हो गया था। वह आदमी बड़ा भला था। कर्मचारियों ने उसकी विदाई के लिए एक आयोजन किया। कई साथियों ने भाषण दिये; कहा कि आज ऐसा लग रहा है, मानो हमारा सगा बिछुड़ रहा है।

एक कोने में बैठा एक आदमी बहुत रो रहा था। उसके आँसू थमते ही नहीं थे।

किसी ने उससे कहा—''क्यों भाई, इसके जाने का सबसे अधिक दुःख तुम्हीं को मालूम होता है ?''

''हाँ,'' सिसकते हुए उसने उत्तर दिया।

''तो इससे सबसे अधिक प्रेम तुम ही करते हो ?''

''नहीं, यह बात नहीं है।''

''तो फिर इस तरह रो क्यों रहे हो ?''

उसने भरे गले कहा—''इसलिए कि यह साला तरक्की पर जा रहा है।''

दवा

कवि 'अनंग' जी का अन्तिम क्षण आ पहुँचा था।

डॉक्टरों ने कह दिया क्रि ये अधिक से अधिक घण्टे-भर के मेहमान हैं। अनंगजी की पत्नी ने कहा कि कुछ ऐसी दवा दे दें जिससे ये 5-6 घण्टे जीवित रह सकें ताकि शाम की गाड़ी से आने वाले बेटे से मिल लें। डॉक्टरों ने कहा कि कोई भी दवा इन्हें घण्टे-भर से अधिक जीवित नहीं रख सकती।

इसी समय अनंगजी के एक मित्र आये। वे बोले—"मैं इन्हें मज़े में कई घण्टे जीवित रख सकता हूँ।"

डॉक्टरों ने हँसकर कहा—"यह असम्भव है।"

मित्र ने कहा—"ख़ैर, मुझे कोशिश तो कर लेने दीजिए ! आप सब लोग बाहर हो जाइए।"

सब बाहर चले गये। मित्र अनंगजी के पास बैठे और बोले—"अनंगज़ी, अब तो आप सदा के लिए चले। यह सुललित कण्ठ अब कहाँ सुनने को मिलेगा ! जाते-जाते कुछ सुना जाइए !"

यह सुनते ही अनंगजी उठकर बैठ गये और बोले—"मन तो नहीं है पर आपकी प्रार्थना टाली भी नहीं जा सकती। अच्छा, अलमारी में से मेरी कॉपी निकालिए न।"

मित्र ने कॉपी उठाकर हाथ में दे दी और अनंगजी कविता-पाठ करने लगे। घण्टे पर घण्टे बीत गये। शाम की गाड़ी आ गयी और लड़का भी आ गया। उसने कमरे में घुसते ही देखा कि पिताजी कविता पढ़ रहे हैं और उनके मित्र मरे पड़े हैं।

दण्ड

एक कलाकार ने कोई बड़ा अपराध किया। वह राजा के सामने उपस्थित किया गया। राजा ने मन्त्री से पूछा—"इसे तीन वर्ष की क़ैद दे दी जाये ?"

मन्त्री ने कहा—"अपराध बहुत जघन्य है। तीन साल बहुत कम हैं।"

"तो दस साल सही।"

"दस साल भी कम सज़ा है।"

"तो आजीवन कारावास।"

"नहीं, यह भी कम है।"

"तो फाँसी दे दी जाये ?"

"नहीं, फाँसी भी कम सज़ा है।"

राजा ने खीझकर कहा—"फाँसी से बड़ी सज़ा क्या होगी, तुम्हीं बताओ।"

मन्त्री ने कहा—"इसे कहीं बिठाकर इसके सामने दूसरे कलाकार की प्रशंसा करनी चाहिए।"

रोटी

प्रजातन्त्र के राजा ने जहाँगीर की तरह अपने महल के सामने एक ज़ंजीर लटका रखी थी। घोषणा करवा दी थी कि जिसे फ़रियाद करनी हो, वह ज़ंजीर खींचे; राजा साहब खुद फ़रियाद सुनेंगे।

एक दिन अत्यन्त दुबला, कमज़ोर आदमी लड़खड़ाता वहाँ आया और उसने निर्बल हाथों से ज़ंजीर खींची। प्रजातन्त्र का राजा तुरन्त महल की बालकनी पर आया और बोला— "फ़रियादी, क्या चाहते हो ?"

फ़रियादी बोला—"राजा, तेरे राज में हम भूखे मर रहे हैं। हमें अन्न का दाना नहीं मिलता। मुझे रोटी चाहिए। मैंने कई दिनों से अन्न नहीं खाया। मैं रोटी माँगने आया हूँ।"

राजा ने बड़ी सहानुभूति से कहा—"भाई, तेरे दुःख से मेरा हृदय द्रवित हो गया है। मैं रोटी की समस्या पर आज ही एक उपसमिति बिठाता हूँ। पर तुझसे मेरी एक प्रार्थना है—उपसमिति की रिपोर्ट प्रकाशित होने के पहले तू मरना मत।"

मित्रता

दो लेखक थे। आपस में खूब झगड़ते थे। एक-दूसरे को उखाड़ने में लगे रहते। मैंने बहुत कोशिश की कि दोनों में मित्रता हो जाये, पर व्यर्थ।

मैं तीन-चार महीने के लिए बाहर चला गया था। लौटकर आया तो देखा कि दोनों में बड़ी दाँत-काटी रोटी हो गयी। साथ बैठते हैं; साथ चाय पीते हैं। घण्टों गपशप करते रहते हैं। बड़ा प्रेम हो गया है।

एक आदमी से मैंने पूछा—"क्यों भाई, इनमें अब ऐसी गाढ़ी मित्रता कैसे हो गयी ? इस प्रेम का क्या रहस्य है ?"

उत्तर मिला—"ये दोनों मिलकर अब तीसरे लेखक को उखाड़ने में लगे हैं।"

देव-भक्ति

एक शहर की बात है। शहर में गणेशोत्सव बड़ी धूम से मनाया जाता है। प्रथा कुछ ऐसी चल गयी है कि हर जाति के लोग अपने अलग गणेशजी रखते हैं। इस तरह ब्राह्मणों के अलग गणेश होते हैं, अग्रवालों के अलग, तेलियों के अलग, कुम्हारों के अलग। पचीस-तीस तरह के गणेशोत्सव होते हैं, और नौ-दस दिनों तक खूब भजन-कीर्तन, पूजा-स्तुति, आरती, गायन-वादन होते हैं। आखिरी दिन गणेश-विसर्जन के लिए जो जुलूस निकलता है, उसमें सबसे आगे ब्राह्मणों के गणेशजी होते हैं।

इस साल ब्राह्मणों के गणेशजी का रथ उठने में ज़रा देर हो गयी। इसलिए तेलियों के गणेशजी आगे हो गये।

जब यह बात ब्राह्मणों को मालूम हुई, तो वे बड़े क्रोधित हुए। बोले—"तेलियों के गणेश की 'ऐसी-तैसी'। हमारा गणेश आगे जायेगा।"

जाति

कारखाना खुला, कर्मचारियों के लिए बस्ती बन गयी।

ठाकुरपुरा से ठाकुर साहब और ब्राह्मणपुरा से पण्डितजी कारखाने में काम करने लगे और पास-पास के ब्लॉक में रहने लगे।

ठाकुर साहब का लड़का और पण्डितजी की लड़की दोनों जवान थे, उनमें पहचान हुई। पहचान इतनी बढ़ी कि वे शादी करने को तैयार हो गये।

जब प्रस्ताव उठा तो पण्डितजी ने कहा—"ऐसा कभी हो सकता है ? ब्राह्मण की लड़की ठाकुर से शादी करे ! जाति चली जायेगी।"

ठाकुर साहब ने भी कहा कि "ऐसा हो नहीं सकता। पर-जाति में शादी करने से हमारी जाति चली जायेगी।"

किसी ने उन्हें समझाया कि लड़के-लड़की बड़े हैं, पढ़े-लिखे हैं, समझदार हैं। उन्हें शादी कर लेने दो। अगर उनकी शादी नहीं हुई, तो भी वे चोरी-छिपे मिलेंगे और तब जो उनका सम्बन्ध होगा, वह तो व्यभिचार कहा जायेगा।

इस पर ठाकुर साहब और पण्डितजी ने कहा—"होने दो। व्यभिचार से जाति नहीं जाती; शादी से जाती है।"

लिफ्ट

वे दोनों एक ही विभाग में बराबर के पद पर थे। उनके दफ्तर दूसरी मंज़िल पर थे। वे अकसर फाटक पर मिल जाते और साथ-साथ सीढ़ियाँ चढ़कर अपने कमरों में पहुँच जाते।

विभाग में एक ऊँचा पद खाली हुआ। दोनों उसके लिए कोशिश करने लगे।

ऊँचे पद का दफ़्तर चौथी मंज़िल पर था।

उनमें से एक को छुट्टी लेकर अपने गाँव जाना पड़ा। दूसरा कोशिश करता रहा। उसकी कोशिश के प्रकार के सम्बन्ध में दफ्तर में कानाफ़ूसी होने लगी। पहला छुट्टी से लौटकर आया, तो उसके कान में भी लोगों ने वे बातें कह दीं, जो वे एक-दूसरे से कहा करते थे।

फाटक पर वे दोनों फिर मिल गये। पहला सीढ़ी की तरफ़ मुड़ा और दूसरा लिफ्ट की तरफ़।

पहले ने कहा—"क्यों, आज सीढ़ियों से नहीं चढ़ोगे ?"

दूसरे ने कहा—"मुझे तो अब चौथी मंज़िल पर जाना है न। वहाँ सीढ़ियों से नहीं चढ़ा जाता। लिफ्ट से जाना चाहिए।"

पहले ने कहा—"हाँ, भाई, लिफ्ट से चढ़ो। हमारी लिफ्ट तो 35 साल की और मोटी हो गयी है।"